KB123959

로크미디어가
유혹하는
재미있는 세상

ROK
MEDIA
로크미디어

이것이 법이다

이것이 법이다 97

2020년 10월 7일 초판 1쇄 인쇄
2020년 10월 13일 초판 1쇄 발행

지은이 자카예프
발행인 이종주

총괄 김정수
경영 지원 배진경 임혜솔 송지유

기획 이기헌 왕소현 박경무 강민구
책임 편집 최전경

발행처 (주)로크미디어
출판등록 2003년 3월 24일
주소 서울시 마포구 성암로 330 DMC첨단산업센터 3층 318호, 319호
Tel (02)3273-5135 **편집** 070-7863-8592 Fax (02)3273-5134
홈페이지 rokmedia.com **E-mail** rokmedia@empas.com

값 8,000원

ISBN 979-11-354-5681-7 (97권)
ISBN 979-11-255-9575-5 04810 (세트)

이것이 법이다

97

자카예프 장편소설

로크미디어

CONTENTS

군대만 상륙하는 줄 아냐

　문화란 하나의 정신이다.

　그래서 흔히들 문화를 지배하는 자가 문명을 지배한다고
한다.

　한때 조선의 문화를 말살하고 집어삼키려고 했던 일본.

　그 일본이, 일부이긴 하나 생각지도 못한 사태에 분위기가
뒤숭숭해져 있었다.

　"지금 조센징이 문화 침략을 하고 있습니다, 여러분! 지금
그들이 보내는 문화를 즐기는 것은 매국 행위입니다! 여러
분, 정신 차리십시오! 이건 조센징의 하류 문화입니다! 우리
자랑스러운 대일본 제국의 문화를 지키십시오!"

　사람들이 모여 있는 광장에서 어떤 사람이 열변을 토하고

있었다.

그는 당장이라도 조센징의 문화 침탈에 맞서야 한다고 영혼까지 끌어모아서 호소했다.

하지만 영혼까지 바쳐서 설득한다 해도 그 설득에 넘어가는 것은 진짜 흔하지 않은 일이다.

당연하게도 그가 영혼을 끌어모으든 영혼을 바치든 다른 사람들은 관심도 없었다.

"뭔 개소리래?"

"요즘 저런 헛소리 하는 사람들이 많아졌다니까."

"문화 침탈이라니."

"지금이 아직도 19세기인 줄 아나 봐, 호호호."

그를 비웃으면서 멀어지는 사람들.

하지만 의외로 그를 뚫어지게 바라보고 있는 사람들이 있었다.

바로 노형진과 신동하였다.

"극우라고 해도 멍청한 것만은 아니라니까요."

신동하의 말에 노형진이 고개를 끄덕거렸다.

"정치 놀음을 하는 놈들이 바보 같다고 생각하는 건 위험한 발상입니다."

대부분의 경우 정치를 하는 사람들, 아니 정치 놀음을 하는 사람들은 똑똑하다.

그들은 모든 변수를 감안하고 싸우며 그 안에서 자신의 이익을 최대한 뽑아내려고 한다.

일반인들이 보기에는 멍청한 짓 같지만 때로는 그게 나중에 최고의 이득으로 돌아오는 경우가 많다.

"극우가 멍청하지만은 않지요."

멍청한 극우들은 이미 문화에 관심이 없다.

그들은 노형진의 손에 놀아나서 이미 일왕에 대한 충성 문제로 서로 싸우고 있다.

"도리어 저런 놈들이 똑똑한 겁니다. 문제가 뭔지 정확하게 알거든요."

노형진은 어깨를 으쓱하며 말했다.

"다행인 건 저렇게 똑똑한 놈들을 다른 정치인들이 싫어한다는 거죠."

정확하게 말하면 똑똑하기 때문에, 그리고 올바른 정치를 하려 하기 때문에 이득을 노리는 정치인들은 저들을 극도로 꺼려서 대부분 힘이 없는 경우가 많았다.

"하긴 그건 그러네요."

노형진의 말에 신동하는 고개를 끄덕거렸다.

"엄밀하게 말하면 그는 올바른 행동을 하고 있는 거겠지요. 일본의 입장에서는 말이지요."

"맞습니다."

과거에 한국 정부에서 일본 대중문화 개방을 한다고 했을 때 많은 사람들이 우려했다.

실제로 그날 이후부터 수많은 친일파가 득세하기 시작했다.

물론 단순히 그 문화를 즐기는 것만으로 친일파가 되는 건 아니다.

하지만 일본 문화에 친숙해지면서 일본에 대한 적대감이 약해져서, 그동안 숨죽이고 있던 친일파가 대놓고 활동해도 뭐라고 하는 사람이 줄어든 것이다.

지금의 일본도 그렇다.

과거에는 한국 문화를 즐긴다고 하면 대놓고 이지메 대상이 되었지만 지금은 누구도 신경 쓰지 않는다.

그렇게 조금씩 일본에서 한국의 활동 영역은 넓어지고 있었다.

"뭐, 자국민에게는 자국민의 이득이 있는 거니까요."

노형진은 어깨를 으쓱하며 고개를 돌렸다.

애타게 외치는 그의 모습이 안타깝기는 하지만 그가 주류가 되지는 못하는 게 노형진으로서는 다행이니까.

"중요한 건 이제 일본에서 활동하는 한국 가수들의 문제입니다."

"그건 그렇지요. 당장은 허가가 나기는 했습니다만……."

신동하는 걱정스럽게 말했다.

방송국을 산다는 노형진의 계획이 터무니없다고 생각했지만 결국 지금까지 이어진 문화 침략의 일환이었기에 본격적인 상륙인 것은 어렵지 않게 알 수 있었다.

"일본의 갈라파고스화되어 있는 문화는 외부에 대한 저항력이 거의 없지요."

물론 일본 문화가 수준이 낮다고 볼 수는 없다.

아니, 애초에 문화라는 것에서는 수준이라는 것을 따질 수가 없다.

미국의 문화가 인류 최고의 문화가 아니듯이 한국의 문화 역시 최고의 문화가 아니니까.

"중요한 건 결국 사람을 홀리는 기술이니까요."

"맞습니다."

극단적으로 자본주의화되어 버린 일본의 연예계는 가수의 연습에 필요한 최소한의 시간조차도 아까워한다.

그래서 같이 성장한다는 식으로 포장하기는 하지만 결국은 투자는 안 하면서도 돈을 뽑아내고 싶어 하는 것이 일본 연예계의 특징이었다.

"충분히 투자를 한 한국 연예인들의 통역 문제와 공연 문제만 해결된다면 일본에서 문화적 혁명을 일으킬 건 당연한 일이었지요."

"하지만 언제까지 가능할지는 모르겠네요."

신동하는 걱정스럽게 말했다.

그럴 수밖에 없는 게 지금은 방송국을 방패 삼아 무차별적으로 초청하고 있어서 일본 정부에서 어쩔 수 없이 공연 비자를 발급하고 있었기 때문이다.

"과거에 비해 일본 정부도 위협을 느끼고 있을 테니까요."

과거에는 공연 비자가 쉽게 나왔다.

장기적으로 활동하는 게 문제가 안 된 데다 아무리 한류라고 해도 결국 주류에 속하지 않았으니까.

'하지만 지금부터는 다르지.'

과거에 비해 훨씬 성장한 한국의 문화, 그리고 인터넷과 노형진의 비디오 대여점을 통한 홍보 덕분에 과거의 한류 시장에 비해 최소 다섯 배 이상 커진 한류 시장은 주류에 편입되고도 남았다.

"학교별 공략은 생각도 못 했습니다, 하하하."

신동하는 한쪽에서 지나가는 여고생들을 보면서 크게 웃었다. 그들의 손에는 이 지역, 아니 그 학교를 대표하는 보이그룹의 부채가 들려 있었다.

"이제 시작입니다만."

"이제요? 학교별로 다른 행사를 하실 생각입니까?"

"아니요. 이지메를 유발할 겁니다."

"네?"

신동하의 얼굴이 핼쑥하게 변했다.

이지메라는 것은 일본에서 가장 안 좋은 문화 중 하나다.

이지메란 단순한 괴롭힘 정도가 아니다.

심리학적으로 본다면 일본에서 이지메란 하나의 결속 수단이다.

사회적 약자를 함께 공격함으로써 일종의 하나의 공동체 의식을 가지게 하는 것이 바로 이지메다.

　쉽게 말해서 '우리는 다 공범이다.'라는 생각을 하도록 만드는 것이다.

　그렇다 보니 사회적으로 문제가 많고 없애야 한다는 말이 많음에도 불구하고 사라지지 않았고, 학교 같은 경우에는 아예 담임선생님이 특정 학생을 지목하다시피 해서 집단 이지메를 유발시키는 경우가 많았다.

　"일본의 이지메 문화는 간단하지요. 집단이 소수를 괴롭힌다."

　"그렇지요."

　"그리고 그걸 이끄는 집단이 있지요?"

　"맞습니다."

　"현실적으로 보면 한국의 문화는 아직 소수입니다. 쉽게 말해서 한국의 문화를 이끄는 사람이 이지메의 대상이 된다는 거죠."

　"그건 그렇지요."

　"하지만 그걸 반대로 만든다면 어떻게 될까요?"

　"네?"

　"만일 반대로 일본 문화, 아니 일본의 연예계를 소수로 몰아붙인다면요?"

　신동하는 소름이 돋았다.

일본은 소수를 혐오한다.

아니, 증오한다.

소수라고 분류되면 사람 취급을 받기는커녕 자살로 몰리는 게 보통이다.

그런데 만일 노형진 말대로 된다면?

아마 대부분의 사람들은 일본 문화를 천박하고 수준 낮은 거라고 생각할 것이다.

'과거의 한국이 그랬지.'

분명 한국도 그런 시절이 있었다.

지금이야 한국 연예계가 일본보다 좀 더 나은 상황이라고 하지만, 한때 일본의 수준 높은 문화가 들어오면 한국 문화가 망한다고 거품 물던 사람들이 한두 명이 아니었다.

물론 그런 일은 없었지만.

'그건 어디까지나 좋은 현상이 있을 때야.'

외부의 저항력이 생기고 남의 것을 받아들여서 자신의 것으로 만들어 발전시킬 능력이 있다면?

그건 기회다. 과거의 한국이 그랬다.

하지만 지금의 일본은? 아니다.

"하…… 하지만 그게 가능하겠습니까?"

신동하는 다급하게 목소리를 낮췄다.

아무리 사람이 많은 곳이라고 해도 누군가의 눈이 있을 수 있으니까.

물론 이런 광장에서 그들을 감시할 사람은 없겠지만 말이다.

설사 있다고 해도 무슨 소리를 하는지는 알 수 없을 것이다.

그러나 사안이 사안이었다.

"여왕벌을 쓸 겁니다."

"여왕벌?"

"네. 각 집단에는, 특히 여학생 집단에는 여왕벌이라는 존재가 있기 마련이지요."

과거에 노형진은 학교 폭력 사건을 해결하면서 여왕벌의 힘을 제대로 느낀 적이 있었다.

그들은 단순한 리더 이상이다.

학교를 지배하는 제2의 권력자이기도 했다.

"어떤 경우 여왕벌의 권위가 선생님을 뛰어넘기도 하지요. 그건 만국 공통입니다."

"그러면 노 변호사님이 노리는 건…… 세뇌군요."

"제가 맨 처음에 말씀드렸지요? 그들이 한 그대로 돌려준다고."

일본은 대한민국을 지배할 때 세뇌를 통해 수많은 친일파를 만들어 냈고 지금까지 한국 사회를 쥐고 흔들고 있다.

"그 정도까지는 바라지 않습니다. 하지만 젊은 세대의 절대다수가 대한민국에 우호적이라면 미래가 어떻게 변할까요?"

"소름이 돋는군요."

한국에 우호적인 국민들.

그리고 노형진이 키운 한국에 우호적인 정치인들.

거기에 천황이라는 이름하에 뭉친 사람들.

차기 천황은 한국에 상당히 우호적인 제스처를 취하는 것으로 유명한 사람이다.

만일 이 세 개가 맞아떨어진다면?

'극우는 발도 못 붙이겠군.'

"우민화 정책의 핵심은 3S라고 하지요. 섹스와 스포츠와 스크린이지요."

일본은 그러한 우민화 정책을 세계적으로 성공한 나라다.

"포르노 강국, 그리고 애국심을 통한 스포츠 육성, 거기에다 영화나 방송이 이미 권력과 한통속이지요. 하지만 그들이 생각하지 못한 게 있습니다."

"어떤 거죠?"

"우민화 정책의 핵심이 국민의 뇌를 비우는 것이라고 생각하고 거기에만 매달린 거예요. 하지만 진짜 우민화 정책의 핵심은 비우는 게 아니라 채우는 겁니다."

우민화 정책으로 이득을 보기 위해서는 단순히 비우기만 해서는 안 된다.

국민들이 자신들을 지지하도록 계속 세뇌를 해야 한다.

"하지만 일본은 그 부분에 약하지요."

포르노가 넘쳐 나고 도박장이 사방에 있다.

"하지만 사람은 쉽게 지치거든요."

이것이 법이다

중독이 좋은 대안이기는 하지만 그건 한계가 있다.

결국 가장 좋은 방법은 국민들이 즐길 만한 콘텐츠를 계속 던져 주는 것이다.

"그리고 그걸 우리가 할 겁니다."

우민화 정책을 쓴 것은 그들이지만 그 과실은 한국, 아니 노형진이 다 빨아먹는 셈이다.

"무섭군요."

젊은 세대는 대부분 우민화 정책으로 저항이라는 걸 하지 못한다.

일본에서는 저항이라는 것 자체가 죄악시되기 때문이다.

"그들에게 한국 문화를 강제한다면 아마 재미있는 일이 벌어질 겁니다."

그리고 여왕벌들이 그러한 일을 대신해 줄 사람이었다.

⚖

"뭡니까, 이 애들은?"

"각 학교에서 잘나가는 여왕벌입니다."

"애들 상태가 왜 이래요?"

"하하하."

노형진은 목소리를 낮춰서 신동하에게 말했다.

여왕벌 프로젝트의 가장 핵심은 그 학교를 지배하는 여왕벌, 그러니까 한국으로 치면 일진 같은 존재들에게 한국 문화를 홍보하도록 하는 것이다.

적당한 돈만 준다면 그들은 기꺼이 할 테니까.

"좀 과감하죠?"

"과감?"

노형진은 혀를 끌끌 찼다.

물론 일본 만화책에서 잘나가는 일본 여자애들이 하는 모습을 보기는 했지만 그래도 만화적 상상이 들어간 거라 생각했다.

'그런데 더한데?'

이게 교복인지 아니면 술집 아가씨 근무 복장인지 감이 안 오는 복장을 입고 있는 애들이라니.

"갸루가 진짜 있어?"

계획을 하는 것과 실행하는 것은 완전히 다르다는 걸 알지만 노형진은 이 정도로 문화적 충격이 올 줄은 몰랐다.

"거기 잘생긴 오빠, 나랑 사귈래?"

"뭐?"

뜬금없이 노형진에게 추파를 던지는 여자아이.

고등학교 2학년쯤 되어 보이는 아이다.

"어, 흠……."

"저거 뭐라는 겁니까?"

"원조 할 생각 있냐는 겁니다."

"으음……."

노형진은 심각하게 이번 작전을 실행해야 하나 하는 생각이 들었다.

"이해하세요. 어쩔 수가 없습니다. 일본과 한국은 다르니까요."

"그렇기는 합니다만."

"한국의 일진들은 전혀 다른가요?"

"그 새끼들은…… 뭐, 비슷하네요."

정확하게 표현하자면 일본의 일진들은 내부적으로 변질되는 경우가 많다.

"군이 표현하자면 자살과 타살의 차이?"

"자살? 타살?"

"분노 대상이 다르죠."

일본의 소위 말하는 일진들은 파괴적인 성향이 자신을 향하는 경우가 많다.

특이한 머리 모양, 심하게 고친 교복, 과도한 꾸밈 등등, 지나치게 획일화를 하는 일본 문화 때문인지 극단적으로 자신을 남과 다르게 하는 데 집중한다.

"남을 괴롭히는 거야 뭐 똑같지만."

"한국은요?"

"저 정도로 심하게 다르게 하지는 않습니다. 하지만 대신에 훨씬 더 폭력적이지요."

터무니없는 청소년 보호법 때문인지 한국의 일진들은 범

죄를 저지르는 걸 두려워하지 않는다.

똑같이 괴롭힌다고 해도 일본의 일진이 소수의 특정 학생들을 괴롭히면서 하나의 조직에 속한 구조는 무너트리지 않는다면, 한국의 일진들은 하나의 범죄 조직화되어 학교 전반에서 수금하고 폭력을 행사한다.

"그래서 자살과 타살이군요."

일본 애들은 자기 인생을 망치는 것에 집중하는 데 반해서 한국의 일진들은 남의 인생을 망치는 데 집중하니까.

"얼굴을 보아하니 좀 상상을 뛰어넘나 보군요."

"좀 그러네요, 하하하."

노형진은 머리를 머쓱하게 긁었다.

"뭐, 이것도 문화 차이지."

그가 무슨 범죄를 저지르는 것도 아니다.

도의적 책임이야 있을 수 있겠지만, 그런 것까지 신경 쓰면 전쟁은 못 한다.

"좋습니다. 이야기를 해 보지요."

"알겠습니다. 자, 집중. 지금부터 너희들을 모은 이유를 이야기해 주겠다."

신동하는 손뼉을 쳐서 집중시키고는 노형진이 해 준 말을 통역해 줬다. 일단 노형진이 일본어를 배우기는 했지만 자연스럽게 할 정도는 아니니까.

"그러니까 우리보고 한국 문화 상품들을 가지고 다니라는 거예요, 돈 줄 테니까?"

"물론 관련 상품들은 우리가 지원합니다. 당연히 그에 따른 돈도 주고요."

"그거야 어렵지 않은데……."

이지메라는 것은 결국 상대방이 저항을 할 힘이 없다고 판단될 때 하는 것이다. 아무리 이들이 소수라고 하지만 이들은 이지메를 한다고 하면 저항할 힘이 있다.

'학교 폭력을 멈추는 가장 확실한 방법은 저항이지.'

선생님한테 말한다거나 하는 방식은 거의 효과가 없는 것이 사실이다.

가장 확실한 방법은 이쪽이 너희들의 인생을 끝장낼 준비가 되어 있다는 걸 보여 주는 것이다.

실제로 노형진이 소송을 하면서 학교 폭력에서 벗어난 피해자들이 많다. 저 새끼는 수틀리면 끝장날 때까지 물어뜯는다는 걸 배워서 일진들이 더 이상 건들지 않는 것이다.

"물론 단순히 가지고 다니기만 하라는 건 아닙니다."

"그러면요?"

"하나의 세력을 만들라는 거지요."

"세력?"

"네, 한국 문화를 좋아하는 사람들을 뭉치게 해 주십시오."

그리고 그들이 세력이 되도록 한다.

그게 노형진의 계획이었다.

'그리고 끼리끼리 모이는 거지.'

힘을 가진 자들이 그 문화를 즐기게 되면 자연스럽게 퍼지기 마련이다.

"그리고 그 대가로."

노형진은 007가방을 탁자 위로 꺼냈다. 그리고 열었다.

그 안에 가득한 10만 엔권.

"적당한 값을 치르도록 하지요."

그걸 본 학생들의 눈은 번쩍번쩍 빛나기 시작했다.

⚖️

"무서울 정도네요."

여학교뿐만 아니라 남학교에까지도 무서울 정도로 퍼져나가는 한국 문화.

"문화라는 걸 인위적으로 조절할 수 있는 줄은 몰랐습니다."

신동하가 연예계에서 큰손이기는 하지만 연예인이 뜨는 건 운이라고 생각했다.

하지만 노형진의 계획은 그런 운을 철저하게 무시했다.

"결국 인간이라는 존재는 어디나 다 같습니다."

정치권에서 쓰는 방식을 연예계에서 쓰지 말라는 법은 없다.

물론 한국이었다면 이런 방식은 절대로 쓰지 못한다.

그게 터졌다가는 완전히 사회적으로 매장되니까.

'하지만 여기는 일본이지.'

범죄가 벌어지면 신고하기보다는 모른 척하는 곳.

이지메가 벌어지면 그걸 막기보다는 방치하거나 거기에 적극 가담해야 살아남을 수 있는 곳.

"각 지역별로 가수들의 앨범과 기념품 판매량이 치솟고 있습니다."

"그럴 겁니다. 공포의 대상과 같은 걸 공유해야 표적에서 벗어날 테니까요."

그리고 한류를 즐긴다는 것은 특이한 소수의 취향이기에 눈에 크게 띈다. 당연히 따라 하는 것도 쉽다.

"하지만 이제부터는 신동하 씨의 책임이 커집니다."

"압니다. 이다음은 제가 할 일이지요."

좋아서 입문한 게 아니라 다른 이유로 입문한 이상 그들이 진심으로 즐기기에는 심적 여유가 없을 가능성이 높다.

"장기적으로 그들을 데리고 가기 위해서는 그런 아이들의 심리를 잘 다독거리고 케어해 줘야 합니다. 그러기 위한 일 대일 학교 매칭이고요."

"무슨 뜻인지 알고 있습니다. 제가 잘 준비하도록 하지요."

신동하는 싱글벙글했다.

그럴 수밖에 없는 게, 한국에서 온 사람들은 당연하게도 신동하를 일본에서 활동하는 파트너로 선택했기 때문이다.

"그것만으로도 지금 손실은 충분히 커버하고 있습니다."

물론 톱클래스의 손실까지 막을 수는 없다.

하지만 애초에 방송국이 아무리 막장이라고 해도 톱클래스를 막는 데에는 한계가 있다.

"그나저나 이제 본진이 올라왔으니 방송국이 뭔 짓이든 할 텐데요."

신동하는 걱정스럽게 말했다.

기습적으로 벌어진 일이기에 방송국이 제대로 대응하지 못한 것이 사실이지만 그냥 당할 일본 방송국들이 아니다.

더군다나 정치권에서 그냥 두고 보지도 않을 테고 말이다.

"압니다. 그렇게 그냥 당할 놈들이 아니지요."

노형진은 어깨를 으쓱하며 말했다.

"그리고 뭘 할지도 압니다."

"뭘 할까요?"

"비자 문제를 걸고넘어지겠지요."

노형진은 씩 웃으며 말했다.

⚖

얼마 후 갑자기 비자 발급이 중지되었다.

"이럴 줄 알았지."

노형진은 어깨를 으쓱했다.

다른 곳도 아니고 방송국이다.

거기에다 과거처럼 작은 것도 아니고 나름 규모를 가지고 전국 규모로 행사하고 촬영하는 방송국에서 초청했음에도 불구하고, 한국 가수들에 대한 모든 비자의 발급이 중지되었다.

"일본 정부 입장에서는 어떻게 해서든 한국 가수들의 입국을 막아야 하니까요."

한두 명도 아니고 수백 명이 자유롭게 왔다 갔다 하기 시작하니 상황이 다급하게 느껴질 수밖에 없다.

그런 상황에서 방송국에서, 그리고 일본 정부에서 할 수 있는 것은 바로 공연 비자를 막는 것이다.

"아까워. 거의 다 끝났는데 말이야."

유민택은 아쉽다는 듯 입을 쩝쩝 다셨다.

그럴 수밖에 없는 게 신동하가 좀 더 자리를 잡으면 유리해지는 것은 대룡이니까.

"지금 확 크면 조만간 있을 싸움에서 도움이 많이 될 텐데."

"걱정하지 마세요. 지금 많이 클 겁니다."

"하지만 이제 비자가 안 나오는데?"

유민택의 말에 노형진이 키득거렸다.

"괜찮습니다. 우리는 이미 꿀 다 빨았거든요."

"응? 그게 무슨 말인가?"

"이미 한류의 불씨는 확실하게 피워 놨다는 소리입니다."

각 지역에서 활동하던 사람들이 이제는 못 간다고 해도, 그들과 컬래버레이션 해서 활동하던 사람들은 있다.

학교마다 학생들에 대한 지원을 해 놨으니 당연히 그들이 안 간다고 해서 갑자기 인기가 떨어지지는 않는다.

"애초에 연예인들이 해외에서 활동한다 해도 계속 머무르는 경우는 많지 않습니다. 반대로 해외 활동에 집중하게 되면 한국에서는 거의 활동하지 않게 되지요. 중요한 건 현장에서의 활동이 아닌 감정이기 때문이죠. 사실 그렇지 않습니까? 연예인을 영상으로 보는 게 대부분이지, 무대를 통해 직접 보는 경우는 설사 현지에서 활동한다고 해도 쉽지 않지요. 이번 작전의 핵심 목표는 그 단초를 가지도록 하는 것이었습니다. 대부분 한번 감정을 가지면 계속 따라오는 게 사람 마음이지요."

"그건 그렇지."

"그리고 그러한 씨앗은 지금 뿌려 놨으니 장기적으로 보면 우리가 결국 승리하게 되어 있습니다."

"하긴 이번 일로 신동하에 대한 압력이 많이 사라지기는 했지."

신동하를 몰아내기 위해 짠 음모가 도리어 한국의 본진 상륙이라는 터무니없는 형태로 나타나자 일본 방송국은 계획을 바꿀 수밖에 없다.

일본 가수들을 출연시키지 않으면 한국 가수들이 모조리 집어삼킬 판국이었으니까.

"원래 싸움이라는 것은 상대방이 힘이 있다고 생각하면 오히려 함부로 나서지 못하게 됩니다."

신동하가 저항을 할 수 없다고 생각했지만 실제로 그에게 저항할 수단이 있다는 걸 알게 되었으니 방송국도 그걸 막을 수는 없을 것이다.

"그리고 이제 방송국은 신동하에게 신경 쓰지도 못할 테고요."

"왜? 방송국에 뭔 일이라도 났단 말인가?"

노형진은 어깨를 으쓱했다.

"지금 일본은 한국 가수들의 공연 비자를 내주지 않고 있습니다. 한국뿐만이 아니죠."

"그래서?"

"과연 그 방송국에서 한국이 아닌 다른 나라 연예인들의 비자 신청을 하게 된다면 어떨까요?"

"다른 곳이라고 하면?"

'그게 도대체 어딘가?' 하고 묻는 듯한 표정으로 노형진을 바라보는 유민택.

"가령 중국이라든가 아니면 미국이라든가……."

"중국? 미국? 잠깐, 그러면 허가가 날 리 없는데? 푸하하! 자네 계획이 그거였나?"

"꿀은 우리가 다 빨고 피해는 중국 애들이 입는 거죠."

노형진의 마지막 계획은 간단했다.

이제 한국 가수가 아닌 중국 가수의 무차별적인 초청.

"한국은 애석하게도 친일파가 권력을 잡고 있습니다. 언론도 그렇지요."

"그렇지."

그래서 그들이 입국을 막는다고 해도 한국 언론은 그다지 신경 쓰지 않는다.

"하지만 중국은 아니죠. 안 그래도 천황 사건 이후로 중국과 일본은 사이가 아주 좋지 않습니다."

그런 상황에서 방송국에서 중국 연예인들을 무차별적으로 초청한다면?

"뻔하죠. 한번 호되게 당한 일본에서 허가를 내줄 리 없죠."

노형진은 어깨를 으쓱했다.

"그리고 중국에서는 아마 이걸 대서특필할 수 있을 겁니다, 후후후."

⚖

몇 달 후. 중국에서는 반일본 정서에 다시 한번 불이 붙었다. 중국 모 신문의 충격적 기사 때문이었다.

일본 정부, 중국 가수의 일본 공연 99.98%를 불허
선진 중국 문화를 거부하는 일본
일본 정부, 중국 가수의 일본 활동을 철저하게 막는 이유

중국인들의 자국에 대한 자긍심은 대단하다.

그리고 일본에 대한 증오심은 더하다.

그런데 그 두 가지가 붙어 버리니 당연히 이제 두 나라는 인터넷에서 철천지원수가 되어 버렸다.

-망할 중국 놈들, 너희까지 오냐!
-웃기네. 이제는 한물간 너희 문화를 지키고 싶은가 보지?
-꺼져. 냄새나.
-닥쳐, 원숭이 새끼들아.

"아이고, 잘 싸운다."

노형진은 그들이 싸우는 걸 보고 피식 웃었다.

"우리는 벌써 다 잘 먹었으니까 뭐."

중국 입장에서는 이제 일본에 진출할 만한 기회가 왔다고 생각했는데 그걸 결사적으로 막는 일본 정부가 좋게 보일 리 없고, 한번 한국에 당한 일본 입장에서는 똑같은 일이 벌어질까 두려워서 비자를 발급할 수가 없는 상황.

결국 그들의 싸움은 평행선을 이룬 채 달릴 수밖에 없었다.

"이렇게 싸우다가 양쪽 다 전쟁 나는 거 아닌지 모르겠네요."

노형진의 옆에서 소장을 보고 있던 엠버가 볼펜 끝을 물어 뜯으며 걱정스럽게 말했다.

"걱정하지 마세요. 그럴 일 없습니다. 애초에 중국의 문화는 일본에 먹히지도 않고요."

"비슷한 한자 문화권이잖아요?"

"그건 그렇지요. 하지만 의식이라는 게 있지 않습니까?"

한국이야 라이벌쯤 된다고 생각하는 일본이지만, 중국은 아직도 노예처럼 생각한다. 아니면 공장이라든가.

사실 중국 공산당의 통제 때문에 중국의 문화는 상당히 제한적이다. 중국의 문화나 일본의 문화나, 문화적 갈라파고스화라는 점에서는 상당히 유사한 모습을 보이고 있다.

더군다나 일본 문화와 중국 문화는 비슷한 점이 있다.

바로 자국에 대한 찬양이다.

문제는 그 자국에 대한 찬양이 상대방 국가에 먹힐 리 없다는 것이다.

"아마 중국도 그렇고 일본도 그렇고, 문화적 교류는 거의 없을 겁니다. 그리고 아무리 일본에서 막는다고 해도 미국의 공연 비자까지 막지는 못하지요."

"지금부터 미국에서 들어가겠군."

결국 일본 문화가 외부에서부터 흔들리는 건 어쩔 수 없는 현실이 될 것이다. 갈라파고스화가 깨지고 나서 남는 것은 극심한 혼란뿐일 테니까.

"그리고 그 후에 우리가 들어가는 건 어려운 일이 아니지요, 후후후."

일본의 문화를 집어삼키기 위한 거대한 발걸음이 이제 한 걸음 더 나아갔기에 노형진의 얼굴에는 미소가 가득했다.

이것이 법이다

공공의 불법과 그 책임

"명백한 사고인데 이 책임을 묻고 싶다고?"

"될까?"

"글쎄, 이건 듣도 보도 못한 상황이라서."

노형진에게 소송을 대해 물어보는 친구는 다리에 깁스를 하고 있었다.

다리뿐만 아니라 팔에도 깁스를 하고 가슴도 붕대로 칭칭 동여매고 있었다.

"전치 8개월이래. 씨발. 빡치잖아."

"하긴 이건 죽지 않은 게 다행이기는 한데."

노형진은 친구를 보면서 혀를 끌끌 찰 수밖에 없었다.

말이 전치 8개월이지 이 정도면 회사에서 잘릴 수밖에 없으니까.

그나마 다행인 건 사고를 낸 상대방이 보험을 들어 놔서 치료비는 해결할 수 있다는 거지만, 그렇다고 해서 회사에서 잘리는 것까지 그들이 책임져 주는 것은 아니었다.

"끄응…… 으…… 아파 뒈지겠네."

친구인 서강호는 통증에 눈을 찌푸리면서 몸을 꿈지럭거렸다.

워낙 크게 다친 상황인지라 조금만 움직여도 아픈데 또 너무 움직이지 않으면 욕창이 생긴다고 하니 문제가 되는 것이다.

"상대방 트럭이 보험이 들어 있다면서?"

"응."

"그런데 국가에 책임을 묻겠다고?"

"어떻게 안되겠냐?"

"글쎄, 그러니까 그게 쉽지 않아서 그래."

이런 사고가 나면 일반적으로 사고를 낸 당사자들이 책임을 지는 것이 보통이다.

그런데 서강호는 굳이 국가를 대상으로 소송을 하겠다고 나서고 있는 상황이었다.

"억울하잖아. 나는 들이받혔는데 7 : 3이라니."

운전을 하던 서강호가 고속도로 합류 지점에서 상대방 차에 들이받혔다.

블랙박스를 보면 서강호가 좀 더 먼저 들어가 있었던 상황임에도 불구하고 상대방 보험회사는 서강호의 책임을 무조건 3이라고 주장하고 있었다.

"이거 개소리야. 내가 말했잖아, 법대로 하라고. 이건 법원에 가면 절대로 그 비율이 안 나와."

아무리 봐도 멀쩡하게 직진을 하던 서강호의 차를 옆에서 들이받아 도로에서 밀어내서 4중 추돌 사건을 낸 건 가해자이지 서강호가 아니다.

"알아. 내가 몰라서 그러는 게 아니잖아."

서강호는 이를 박박 갈았다.

"하지만 블랙박스가 문제야. 뭐가 보여야 말이지. 지금 저쪽은 그걸 가지고 내가 차선을 넘었다고 주장하고 있어."

"뭔 개소리야? 차선을 넘다니?"

노형진은 고개를 갸웃했다.

직진 차선과 합류 차선이 공존한다면 당연히 합류 차선 쪽의 차량이 조심해야 하는 것이 정상이다.

더군다나 멀쩡하게 직진하던 사람이 조금 있으면 사라질 합류용 차선에 들어갈 이유가 없지 않은가?

"그러니까 억울한 거야. 아무것도 안 보여, 블박을 봐도 그렇다고."

"블박? 안 보인다고? 블박이 고장 난 거야?"

블랙박스는 사고 장면을 모조리 찍도록 되어 있다.

그런데 그 장면이 안 보인다는 게 말이나 된단 말인가?

"아니, 그건 아니야. 끄응…… 내가 동생한테 말해서 메일로 보내 줄 테니까 네가 보고 한번 이야기 좀 해 줘. 억울해서 뒈지겠네, 씨발."

"뭐…… 알았다."

노형진은 머리를 긁적거렸다.

병문안을 왔다가 얼떨결에 사건 하나를 담당하게 된 셈이지만 도대체 친구가 하는 말이 뭔지 궁금했기 때문이다.

며칠 후 서강호의 차에 있던 블랙박스 동영상이 왔을 때, 노형진은 혀를 끌끌 찼다.

"와, 진짜 아무것도 안 보이네."

"이러면 애매해지는데요? 이건 판단을 할 수가 없겠어요."

함께 보던 무태식 변호사는 머리를 긁적거렸다.

"아주 흐릿하게 보이기는 합니다만, 워낙 흐릿해서 이거야 원."

비 오는 날. 차선이 보이기는 한다.

바로 옆에 있는 차선만 아주아주 흐릿하게 말이다.

당연하게도 그 건너편의 차선은 전혀 안 보인다.

"뭐, 대충 거리를 재서 싸워 볼 수 있지 않겠어요?"

"거리? 아…… 그렇겠네요. 도로의 폭은 같으니까."

물론 복잡한 수식을 써야 할지도 모르겠지만 영상을 기준으로 도로 폭을 재서 차선을 규정하는 것은 어렵지 않아 보였다.

"하지만 문제는 이 차선이네요. 어떻게 이렇게 안 보이지?"

"도로 자체에 아예 차선이 없다고 봐도 무방하겠네요."

합류하는 지점에 그려진 도로의 하얀색 점선.

그 점선 자체가 전혀 보이지 않았다.

"하긴 이건 흔한 상황이기는 하지요."

"그건 그러네요. 운전하는 사람들 중에 이런 경험이 없는 사람은 없을 테니."

비 오는 날. 그것도 밤.

그때는 도로의 하얀색 점선들이 모조리 사라지는 마법이 일어난다.

진짜로 사라지는 것은 아니다.

빗물에 시야가 가려지는 데다가 도로의 물이 빛을 반사하면서 보이지 않게 되는 것이다.

"하긴 운전하다 보면 한두 번 겪는 것도 아니고."

노형진은 머리를 긁적거리며 말했다.

"그런데 이걸 가지고 소송이 가능할까요?"

무태식은 회의적으로 말했다.

지금까지 여러 번 교통사고 소송을 했지만 국가를 대상으로 소송을 한 사람은 없었기 때문이다.

"그런데 국가를 대상으로 한다는 생각을 뜬금없이 친구분이 하실 리는 없고, 건덕지가 있답니까?"

"그 녀석이 일하는 곳이 건설 관련 업체거든요."

그의 업무는 정확하게 말하면 신도시 내에서 도로를 개설하는 것이다.

"그런데 휘도가 문제가 된다고 하더군요."

"휘도?"

"네. 저도 잘 몰랐습니다만, 그런 게 있다고 하네요."

변호사라고 해서 대한민국의 모든 법을 다 아는 것은 아니다. 특히나 명문화되지 않은 규정들은 거의 대부분 모른다.

"휘도가 뭔데요?"

무태식 역시 되물을 수밖에 없었다.

처음 들어 보는 단어였으니까.

"재귀 반사 휘도의 약자랍니다. 차량의 전조등이 차선에 반사되어 운전자의 시야에 들어올 때의 밝기를 뜻하는 말인데, 어두운 밤에도 운전자가 차선을 볼 수 있게끔 마련한 도로 시스템이라고 하더군요."

"복잡하네요."

"뭐, 생체 레이더의 빛 버전 같은 거라고 할까요?"

"생체 레이더의 빛 버전? 아…… 그러니까 빛을 반사해서 돌려보낸다 그런 건가요?"

"네. 아니, 근데 이게 더 복잡한데 어떻게 알아들으세요?"

"하하하."

무태식은 머리를 긁적거렸다.

노형진도 그런 그를 보고 피식 웃고는 계속 이야기를 이어 갔다.

"어찌 되었건 이러면 애매해지기는 하네요."

차선이라는 게 존재하기에 도로에 교통의 흐름이 존재하는 거다.

그런데 이런 식으로 아예 존재 자체가 보이지 않으면 대책이 없는 것이 현실이다.

"그런데 이게 정상입니까?"

"정상은 아니라고 하는데요."

노형진도 관련 규정을 잘 모르기 때문에 고개를 으쓱했다.

"그래서 그 녀석이 그쪽 관련 전문가 연락처를 주더군요. 한번 만나 보라고요."

지금까지 없었던 방식에 노형진은 진지한 얼굴로 말했다.

"일단 그 사람을 한번 만나서 이야기해 봐야겠네요."

어떤 방식으로 이야기가 될지는 모르지만 어쩌면 이번 일을 계기로 새로운 피해 보상 규정이 생길지도 몰랐다.

⚖

"그와 관련된 규정은 법적으로는 없지요."

도로 교통 전문가라고 자신을 소개한 고덕진은 고개를 끄덕거리며 말했다.

　"그래서 대부분의 변호사님들은 그 규정을 모르십니다. 애초에 법도 아니거니와, 설사 안다고 해도 사실 일반 소송에서 쓸 규정은 아니니까요. 해당 규정은 2005년 경찰청이 만든 '교통 노면 표시 설치 관리 매뉴얼'에 따라 규정됩니다."

　"그래요?"

　노형진은 고개를 갸웃했다. 처음 들어 보니까.

　'하긴 법도, 처리 지침도 아닌 평범한 매뉴얼이면 변호사들이 알 리 없지.'

　더군다나 그 문제로 싸울 일은 더더욱 없으니 변호사들도 모를 수밖에 없다.

　"그런데 이게 문제가 된다고 하던데요. 이게 문제가 됩니까?"

　"헛헛, 변호사님에게 질문을 받으니 참으로 기분이 묘하네요."

　고덕진은 크게 한번 웃더니 고개를 흔들었다.

　"딱히 문제가 된 적은 없습니다. 말 그대로 매뉴얼이다 보니 처벌 규정 같은 건 없으니까요."

　"그렇군요."

　노형진은 입맛을 다셨다.

　처벌 규정이 없으면 대한민국의 대부분의 사람들은 그걸 그다지 지키려고 하지 않는다.

"애초에 다 안 지키는 규정인데요."

"안 지키는 규정이라고요?"

그런데 그 상황이 묘하게 변하기 시작했다.

"원래 규정대로라면 백색 차선은 130mcd/㎡Lux, 노랑색 차선은 90mcd/㎡Lux 이상이 되어야 합니다. 하지만 대부분의 도로는 그 규정을 지키지 않지요. 물론 지금은 규정이 좀 더 강화되기는 했지만 저는 이렇게 표현하겠습니다. 도긴개긴."

"도긴개긴요?"

"네. 규정상 130밀리칸델라에서 240밀리칸델라로 바뀌었습니다."

노형진은 고개를 갸웃했다.

그 정도면 거의 두 배 가까이 강화된 셈이니까.

"그 정도면 상당히 강화된 것 같은데요?"

"숫자만 보면 그렇지요. 하지만 이거 말장난입니다. 숫자만 두 배로 늘린."

"네?"

"촛불이 몇 밀리칸델라가 나올 것 같습니까?"

"글쎄요, 한 500~600?"

노형진의 말에 고덕진이 피식하고 웃었다.

"보통 촛불 하나가 대략 1천 밀리칸델라입니다."

"처…… 천요?"

그러니까 지금까지의 규정은 고작 촛불의 10%도 안 되었다는 것이다.

물론 그게 도로 전반에서 보인다는 점을 감안하면 모두 다 천 단위로 맞추면 도리어 운전에 방해가 되겠지만, 그 점을 감안해도 너무 낮은 수치다.

"왜 그렇게 낮게 한 거죠? 그나마 높아진 게 그 정도라니? 아니, 그런데 그 정도만 되어도 보일 것 같은데요? 결국 안 보인 이유가 뭡니까?"

"일단 돈이지요."

도로를 포장하는 방법은 다섯 가지가 있다.

"하지만 한국에서는 거의 대부분이 융착식을 씁니다."

융착식은 안료에 불을 붙여서 녹여서 발라 버리는 방식이다.

쉽게 말하면 뜨거운 접착성 물질을 도로에 칠하는 것이다.

내구성도 뛰어나고 상원 도포식보다 훨씬 싸기 때문에 당연히 그걸 쓸 수밖에 없다.

"문제는 그 경우에 그 안에 유리알을 넣어야 한다는 거죠."

위에 도료를 바르지 않기 때문에 그 페인트 자체가 빛을 반사하게 해야 하는데 그게 불가능하다 보니 그 안에 유리알, 아니 유리 가루를 넣어서 빛을 반사하게 하는 거다.

도료를 바르고, 굳어 버리기 전에 그 위에다가 유리 가루를 뿌리는 것이다.

그래서 완전히 굳으면 자연스럽게 빛을 반사하게 된다.

"그런데 그 유리 가루의 가격이 제법 비쌉니다. 1킬로그램에 한 1만 5천 원쯤 합니다."

"흠……."

당연히 그거 하나 섞는다고 해서 티가 날 리 없다.

도료를 도포하기 위해서는 말 그대로 수백 킬로그램의 유리 가루를 넣어야 한다.

"그래서 대부분 그 규정을 지키지 않지요."

"지키지 않는다고요?"

"네. 차이가 없거든요."

"그게 무슨 말씀이신지?"

"한국의 기준은 다른 나라에 비해 무척이나 낮습니다."

정상적으로 생각하면 야밤이라고 할지라도, 설사 비가 온다고 해도 도로의 차선은 눈에 잘 보여야 한다.

"하지만 한국의 기준이 워낙 낮다 보니 재귀 반사 휘도 규정을 지켜도 차선이 안 보이는 건 매한가지라는 거죠."

"그래요?"

"네. 그러니 업자들이 무슨 생각을 하겠습니까?"

"아마도…… 유리 가루를 줄이려고 하겠네요."

"맞습니다."

고덕진은 고개를 끄덕거리며 말했다.

"제가 알기로는 우리나라 도로의 70% 이상이 그 규정을 지키지 않고 있습니다."

"70%나요?"

"네."

그 정도면 아예 대놓고 전 국토의 대부분이라는 소리다.

"가끔 그런 곳 없습니까? 비가 오거나 도로가 컴컴한데도 무척이나 도로가 잘 보이는?"

"아, 그런 곳이 가끔 있었지요."

말 그대로 아주 가끔 그런 곳이 있었다.

딱히 신경 쓴 적은 없지만, 생각해 보면 분명 그런 도로들이 있었다.

"그런 곳은 지자체에서 자체적으로 강제한 거죠. 해외 규정을 따르도록 말입니다."

"아……."

일단 그러한 도로 표시 작업은 지자체 작업이니 그쪽에서 그 조건을 달면 업자는 지키는 수밖에 없다.

그러지 않으면 재작업을 자기 돈으로 해야 하니까.

"하지만 단순히 돈을 아껴야 하는 지자체들은 뻔하군요."

무조건 싸게 입찰하는 곳을 고를 게 뻔하다.

그들도 손해를 볼 수는 없는 노릇이니 당연히 어떻게 해서든 수익을 내려고 할 텐데, 그 수익이라는 건 결국 규정을 지키지 않고 재료를 빼돌리는 과정에서 발생하는 거다.

"일단 도로 규정 상황은 이렇습니다."

"그러면 그러한 규정을 아는 사람은 거의 없겠네요?"

"관련자나 알지 누가 알겠습니까? 아무도 안 지키는 규정인데요."

어깨를 으쓱하는 고덕진.

하긴 생각해 보면 당연한 일이다.

변호사조차도 모르는 규정이다.

설사 교통사고로 소송을 한다고 해도 소송 대상은 교통사고의 상대방이지, 국가나 지방자치단체인 경우는 없었다.

"지금까지 그와 관련해서 소송이 있었나요?"

"있을 리가요. 단 한 번도 못 들어 봤습니다."

"그렇군요."

노형진은 싱긋 웃었다.

"그러면 우리가 1호 소송이 되겠네요, 후후후."

⚖

"휘도? 안료? 유리 가루?"

김성식 변호사는 고개를 갸웃하며 물었다.

"이런 규정이 있었어?"

"아니, 검사 출신인데도 모르셨습니까?"

"검사니까 더 모르지. 우리 업무가 처벌하는 건데 이건 규정이지 처벌 조항도 없잖나. 법도 아니고 경찰청 규정이고."

"그건 그렇지요."

당연히 검사가 이 규정을 적용할 일은 없었다.

"어찌 되었건 이런 소리는 처음 들어 봤네."

"뭐, 대부분의 변호사들이 다 처음 들어 보지 않을까요?"

"그건 그럴 걸세."

노형진의 말에 김성식은 고개를 끄덕거렸다.

"이걸 가지고 소송을 할 생각인가?"

"형사적으로는 무리지만요. 민사는 가능합니다."

"민사라. 그렇군."

형사처벌은 국가에서 하는 처벌이다.

하지만 이 규정은 처벌 규정이 없기 때문에 누구도 지키지 않는다.

심지어 그 업무를 발주하고 감시해야 하는 지역단체 역시 모른 척한다. 돈 때문이다.

"그리고 민사 규정은 처벌 규정하고 다르지."

"그렇지요."

"하지만 배상금이 그렇게 많이 나올 것 같지는 않은데? 물론 자네 친구 문제이니 자네가 하려고 한다면 말리지는 않겠네만."

친구를 위해 소송도 못 하면 변호사로서 무슨 소용이 있겠는가?

그래서 노형진 마음대로 하라고 했던 김성식은 다음 순간에 노형진의 치밀함에 혀를 내두를 수밖에 없었다.

"제 친구를 위한 소송은 아닙니다. 정확하게 말하면 우리를 위해 하는 소송이지요."

"우리를 위한 소송?"

"그렇습니다. 이 규정을 지키는 곳은 거의 없다고 하더군요."

"그건 아까 말했네."

"그러니까 우리가 이 소송을 걸면서 적극 홍보하는 겁니다."

"그러면?"

"비 오는 날에 교통사고가 얼마나 많이 나는지 아시지 않습니까?"

"그건 그렇지. 비 오는 날은 교통사고가 엄청나게 많지…….

설마?"

"이번에는 피해자이지만 다음번은 가해자가 될 겁니다."

"가해자……. 자네…… 허…… 벌써 거기까지 생각한 건가?"

"네."

교통사고에는 대부분 가해자가 있기 마련이다.

그리고 비 오는 날에는 교통사고가 많이 난다.

"대부분의 가해자들은 책임을 면하기 위해 노력하지요."

그들은 그 책임을 면하기 위해 다른 희생양을 구하려고 한다.

일반적으로는 피해자에게 책임을 묻지만 말이다.

"하지만 국가에서 규정을 안 지킨 거라면요?"

규정을 지키지 않아서 교통사고가 난 거라면?

그의 책임이 줄어들 뿐만 아니라 피해자에게 주어야 할 돈도 줄어든다.

"보험사에서 두 손을 들고 환영하겠군."

그 피해만큼 국가에서 배상을 해 줘야 할 테니까.

"우리 입장에서는 피해자에게 더 많은 보상금을 줄 수 있어서 좋습니다."

당연하게도 가해자든 피해자든 보험사든, 그런 경험이 많은 곳을 찾으려고 할 것이다.

그런 사건에 대한 경험과 자료가 충분한 로펌 말이다.

"그리고 그게 우리 새론이 되겠군."

노형진이 사건을 해결하면 그 과정을 하나의 매뉴얼로 만들어 다른 변호사들에게 학습시키는 것이 새론의 방식이다.

이를 통해 새론은 다른 곳보다 훨씬 빠르게 전문 변호사들을 생산할 수 있었다.

"단기적으로 보면 그렇지요. 하지만 장기적으로는 사람을 구하는 길이기도 합니다."

"사람을 구하는 길?"

"매년 수십억씩 돈을 물어 주게 되면, 지자체에서 무슨 생각을 하겠습니까?"

"그렇군."

당연히 그 돈을 주느니 차라리 도로를 새로 깔끔하게 도색하는 쪽을 선택할 것이다.

기본적으로 낮은 수준이라지만 그래도 과거에 비해 두 배 가까이 강화되었다.

그 정도만 되어도 일단 비 오는 밤의 교통사고는 확실하게 줄어들 것이다.

"장기적으로 보면 수백 명을 살릴 수 있겠지요."

누군가에게는 처벌 규정도 없는 가벼운 죄일 수도 있다.

하지만 사고라는 것은 그러한 가벼운 규정을 지키지 않아서 생기는 것이다.

"우리는 돈을 벌어서 좋고 말이지?"

"당연한 거 아닙니까? 우리가 맨땅에 헤딩하는 것도 아니고요."

진짜 도와줘야 하는 것도 아니고 이건 명백하게 존재하는 규정을 지키지 않는 사람들이 문제다.

"하지만 현장에 한번 가 보기는 해야겠네요."

"뭐, 가 보면 뭐든 나오겠지. 정부에서는 우리를 싫어하겠는데?"

김성식은 피식 웃으며 말했다.

"역시 낮아요."

무태식과 함께 간 사고 현장.

그곳에서 조사한 휘도는 규정의 절반도 되지 않았다.

"이 정도면 거의 유리 가루가 없다고 봐야겠네요."

"그럴 수도 있나요?"

노형진이 묻자 휘도를 측정한 고덕진은 고개를 끄덕거렸다.

"어찌 되었건 유리 가루가 위에 뿌려지는 형태니까요."

아무리 페인트에 쓰는 안료가 굳으면서 유리 가루를 잡고 있는다 해도 차들이 왔다 갔다 하면 닳는 것은 어쩔 수 없다.

"그렇다고 해도 이건 너무 낮네요. 절반은커녕 간신히 3분의 1 수준이라니. 이 정도면 날이 훤한 대낮에는 문제가 안 될 테지만 비가 조금만 와도 절대 안 보일 겁니다."

"그 말은?"

"애초에 유리 자체를 거의 뿌리지 않았다고 보면 됩니다."

그는 어깨를 으쓱하며 말했다.

"어떻게 그럴 수가 있지요?"

노형진은 기가 막혔다.

분명 이걸 완공하면 검사를 했어야 했다.

그런데 거의 안 뿌렸다니?

"일단 이런 걸 사후에 검사하는 공무원들이 날씨가 나쁜 날에는 절대로 안 나온다는 게 문제죠."

하얀색의 차선은 밝은 날에는 당연히 훤하게 잘 보인다.

그러니 다른 사람들 눈에는 멀쩡하게 공사가 잘되어 있는 걸로 보일 수밖에 없다.

"그리고 애석하게도 휘도 측정기를 비치한 지방자치단체는 거의 없는 걸로 알고 있습니다."

"있다고 해도 거의 못 써먹을 테고요."

"정확하게 아시네요."

"뭐, 현장에 와서 검사하는 사람이라는 게 뻔하지 않습니까?"

수십 명이 몰려와서 검사하는 게 아니라 많아야 두 명에서 세 명이 와서 검사한다.

그들에게 적당하게 돈을 쥐여 주면 모른 척 넘어가 줄 것이다.

"애초에 휘도 측정에 대한 규정도 거의 없고요."

그렇다 보니 서로 알음알음 뇌물을 주고받으면서 모른 척하는 거다.

"이곳뿐 아니라 대부분의 도로가 그러네요."

"이 도로에 유난히 자동차가 많이 다녀서 차선이 닳았을 가능성은요?"

고덕진은 고개를 흔들었다.

"기본적으로 그럴 가능성은 낮습니다. 이런 건 한 번 하면 영원히 쓰는 게 아니니까요."

당연히 페인트도 닳는다. 아스팔트도 닳고 깨지고 찌그러지는데 그게 멀쩡할 리 없다.

"그래서 정해진 규정에 따라 보수하게 되어 있습니다."

그는 몸을 숙여서 도로 차선 쪽을 바라보았다.

"그런데 페인트의 상태로 봐서는 보수한 지 1년도 되지 않았습니다."

그리고 고개를 숙이며 덧붙였다.

"더군다나 우리가 서 있는 곳은 갓길입니다."

"그렇지요."

정식으로 만들어진 흰색 점선 도로가 아니다.

아무리 노형진이 막무가내라고 해도 차들이 쌩쌩 달리는 곳에서 휘도 검사를 할 수는 없다.

그랬다가는 또 다른 사고를 유발할 뿐이니까.

"이런 갓길의 페인트는 상할 일이 거의 없지요."

그래서 그 대신 갓길에 차를 세우고 그 앞에서 안전하게 갓길에 칠해진 페인트의 휘도를 측정했다.

"저쪽과 비교해서 거의 파손이 없는 게 이쪽입니다. 그런데도 휘도가 이렇게 낮게 나온다는 것은 애초에 유리 가루 자체를 거의 뿌리지 않다시피 했다는 거죠."

"휘도가 얼마나 나오는데요?"

"31 나왔습니다."

"으음……."

"31이면 거의 그냥 페인트만 칠한 수준이라고 보시면 됩니다."

노형진은 고개를 돌려서 합류 지점을 바라보았다.

두 개의 고속도로가 합류하는 위치. 그리고 특성상 발생할 수밖에 없는 혼잡함.

"만일 여기서 차선이 보이지 않는다면 아주 난장판이 되겠군요."

"그럴 겁니다."

천천히 합류해야 하는데 그냥 옆으로 무조건 들이밀 테니까.

"그런데 여기를 관리하는 건 한국도로공사입니다."

"아, 그랬죠. 여기는 고속도로니까."

그러면 소송 대상은 한국도로공사가 된다.

"이 문제에 대해 그들과 이야기해 봐야 할 시점이군요."

⚖

소송에 들어가기 전에 합의라는 것은 거의 기본적으로 들어가는 과정이다.

일단 합의시켜야 재판의 부담이 덜할 뿐만 아니라, 합의를 하는 게 재판비용을 아낄 수 있기 때문이다.

"받아들일 수 없습니다."

노형진의 앞에 있는 여자는 딱 선을 그었다.

소진영 부장이라고 자신을 소개한 그녀는 한국도로공사 쪽에서 나온 사람이었다.

"저희가 왜 교통사고에 대한 배상금을 물어 줘야 하지요?"

"저희가 보기에는 이 사건은 마땅히 보여야 하는 차선이 제대로 보이지 않음으로 인해 발생한 것입니다."

"그건 당사자가 눈이 나빠서 그런 겁니다. 우리에게는 멀쩡하게 잘 보이는 선을 당신들이 못 본 탓에 발생한 사고를 왜 우리가 책임져야 하는 거죠?"

"낮에야 잘 보이죠. 하지만 밤에, 더군다나 비가 오면 아예 안 보이는 수준이던데요? 그거 규정 위반 아닙니까?"

노형진은 소진영 부장에게 최대한 좋게 이야기했다.

어찌 되었건 자신들이 요구하는 손해배상의 비용은 많은 게 아니다.

사고의 당사자가 국가인 것도 아니라, 애초에 많이 받을 수 있는 것은 아니니까.

'하지만 줄 리 없지.'

한두 번 해 본 게 아니다.

더군다나 법적으로 못 박혀 있는 경우가 아니라면 당연하게도 공무원들은 배상을 해 주려고 할 리 없다.

'결국은 요식행위일 뿐이지.'

노형진 입장에서는 어쩔 수 없이 하는 요식행위일 뿐이다.

안 될 걸 알기에 바로 소송으로 넘어가고 싶지만, 법원에서는 이런 요식행위를 중요하게 생각하니까.

'하지만 이건 좀 너무한 것 같은데?'

요식행위라고 할지라도 최소한의 예의라는 것이 있다.

그런데 저쪽은 아예 막나간다.

"요즘은 개나 소나 뭔 사고만 터지면 국가에 배상하라고 하는데, 그러는 거 아닙니다. 아니, 국가가 봉이에요? 네?"

"개나 소나?"

졸지에 '개나 소'가 되어 버린 노형진은 어이가 없었다.

"제가 틀린 말 했나요? 상식적으로 도로에서 사고가 났는데 왜 우리가 손해배상을 해야 한다는 거죠? 정말 요즘은 뭔일만 터지면 덮어놓고 국가보고 배상하라고 삐액거린다고 하더니 이건 뭐……."

'이 여자가 미쳤나?'

노형진의 눈이 저절로 찌푸려졌다.

아무리 자신들과 척을 지게 될 상황이라고 할지라도 저런식으로 발언하는 것은 말도 안 된다.

'아무리 공사 직원이라고 해도 말이지.'

공사는 사기업도 아니고 공무원도 아니다.

그렇다 보니 그 자리가 철밥통 같은 경우가 많다.

그렇다고 민원인을 아예 무시하지는 못한다. 어찌 되었건 민원 횟수에 따라 승진도 영향을 받으니까.

그런 점을 감안하면 상대방의 대응은 필요 이상으로 공격적이고 또 무례하다고 볼 수 있었다.

'아무리 그렇다고 하지만 너무 필요 이상으로 오버하는데?'

아무리 무서울 게 없는 사람이라고 하지만 협상하러 온 변호사에게 '개나 소나'라는 말을 하는 사람은 없다.

'완전히 자포자기한 건가? 아니, 왜?'

그녀가 뭔가 자포자기할 일이 없다.

이건 그냥 업무일 뿐이다.

그녀 또한 여기서 합의가 안 될 거라는 걸 알고 있다.

'그런데 왜 이렇게 극단적으로 나오지?'

노형진 입장에서는 이해가 안 가는 상황이었다.

아무리 그래도 그는 변호사고 협상을 하기 위해서 나온 거다. 그런데 상대방은 거의 자포자기, 아니 발악적으로 노형진을 몰아붙이고 있었다.

"눈이나 제대로 뜨고 다니라고 하세요."

"제 의뢰인은 눈이 좋은 편입니다만."

"멀쩡한 차선도 보지 못해서 사고를 내는 사람이 무슨 눈이 좋다는 거예요?"

코웃음을 치는 소진영.

노형진은 입맛을 다셨다.

애초에 협상이 잘되지 않을 거라고 예상하기는 했지만 그렇다곤 해도 이건 너무하다.

'뭐, 뻔하지.'

전국 도로의 70% 이상이 규정 위반이다.

위에서 모른 척해 주기 전에는 절대로 일어날 수 없는 일이다.

그렇다면 그것도 아주 높은 곳일 가능성이 높다.

'덮으라고 해 놨겠지.'

문제는 이게 덮일 만한 일이 아니라는 것.

이것이 법이다

그럴 때 이런 집단에서 가장 많이 쓰는 방식이 바로 희생양을 만드는 거다.

누군가를 대표로 내보내서 그 혼자서 매를 두들겨 맞게 하는 거다.

그리고 부장급이면 딱 적당한 희생양이다.

그 이상은 자기들이 살려고 싸울 테고, 그 이하는 희생양으로서 너무 무게감이 없기 때문이다.

노형진이 다 알겠다는 듯 피식 웃자 소진영이 발끈해서 소리를 빽 질렀다.

"왜 웃죠? 뭐가 그렇게 웃긴데요?"

"아니요. 웃긴 게 아니라, 그냥 그런 게 있습니다."

노형진은 더 이상 이야기하지 않았다.

어차피 깨질 거라 생각한 일이다.

"그러면 이쯤에서 그만하죠."

"뭐요?"

"어차피 협상을 할 생각도 없이 나온 거 아닙니까?"

노형진은 어깨를 으쓱했다.

"조만간 법원에서 뵙지요."

"뭐라고요? 잠깐만요!"

하지만 노형진은 더 이상 이야기하지 않았다.

어차피 이야기만 무한 반복하며 시간을 끌면서 돈을 주지 않으려는 것이 그들의 행동일 테니까.

거기에다 대놓고 희생양까지 보냈는데 합의가 될 리 없다.

"그럼 이만."

노형진이 나가는 걸 보면서도 소진영은 그다지 신경 쓰지 않았다. 마치 될 대로 되라는 듯한 표정이었다.

'뭐, 불쌍하기는 하지만.'

그녀가 희생양이 되었다는 것은 그녀 역시 뭔가 받았다는 거다.

아예 받지 않았다면 대놓고 까발릴 게 뻔하니까.

"뭐, 걱정하지 마세요."

"뭘요?"

"외롭게 혼자 보내 드리지는 않을게요."

그러자 소진영은 뭔 소리인가 하고 썩은 표정으로 노형진을 바라보다가 갑자기 피식 웃었다.

"기대할게요."

"기대하셔도 될 겁니다, 후후후."

"보험회사?"

"네."

노형진은 고개를 끄덕거렸다.

그는 도로공사에서 나온 뒤 유민택을 찾아갔다.

당연하게도 용건은 노면 표시 기준과 관련된 것이었다.

"상대방은 공단입니다. 그런 경우는 대부분 정부와 같이 움직이죠. 그 말은, 그들에게 재판을 건다고 해도 정부 차원에서 압박이 들어간다는 뜻입니다."

공기업의 개념은 공무원과는 좀 다르다.

하지만 그 운영에 정부가 투자한다는 것은 똑같다.

"지금까지 공기업과 소송해서 이긴 사람은 많지 않나?"

"엄밀하게 말하면 공기업과 소송해서 이긴 기업이 많은 거죠."

"그런가?"

유민택은 노형진의 말에 잠깐 생각을 했다.

그러고 보니 그가 기억하는 모든 소송은 대부분 기업 상대였지, 공기업을 대상으로 개인이 소송을 거는 경우는 별로 없었다.

"물론 공기업들을 대상으로 민간인이 소송을 해서 이긴 일이 아예 없는 건 아닙니다. 개인적인 사건에 한해서는요."

"개인적인 사건?"

"가령 소음 관련 소송이라든가 아니면 업무상 실수로 인한 손해배상이라든가요."

"이번 사건과는 다르다 이건가?"

"공기업에 다니는 윗대가리에게는 엄청난 사건이거든요."

어찌 되었건 불법적으로 도색된 도로용 페인트의 낮은 휘도가 문제가 된 사건이다.

만일 여기서 진다면 그 일이 어마어마하게 커질 게 뻔하다.

낮이야 그럭저럭 넘어간다지만 밤이면 도로가 거의 안 보인다. 비 오는 날은 아예 없다고 봐도 무방한 정도이고 말이다.

"밤과 비 오는 날에 벌어지는 사건 사고가 얼마나 되겠습니까?"

"그렇군. 시간상으로 보면 아마 벌어지는 사건의 4분의 1 이상이겠군."

유민택은 고개를 끄덕거리며 말했다.

그 정도면 아마 국가에서도 부담을 느낄 수밖에 없는 양일 것이다.

어찌 되었건 그중 10%만 부담한다고 해도 그 비용이 어마어마해질 테니까.

"이건 명백하게 공무원들, 아니 이 경우는 공기업의 비리에 관한 사건입니다."

"이해는 하네만 그 안에서 낮은 휘도로 인해 발생하는 사고를 구분하는 것은 쉬운 일이 아닐 텐데?"

유민택은 고개를 갸웃하며 물었다.

"일단 그게 그 도로의 페인트로 인해 발생했다고 증명하는 게 쉬운 건 아니지 않나? 거기에다가 가해자의 책임이라고 주장하면 더더욱 구분하기 힘들어질 거야."

가량 중앙선 침범이나 신호 위반으로 인한 사고는 구분하는 게 쉽지 않다.

"현실적으로 그걸 구분해서 어떻게 소송을 할 수는 없네. 보험회사 쪽 사람을 소개시켜 달라는 자네 말은 이해가 가네만, 아무런 증거도 없이 소송을 할 치들이 아니야."

노형진은 고개를 끄덕거렸다.

"확실히 그렇지요. 보험회사는 바보가 아니거든요. 하지만 그곳처럼 돈을 밝히는 회사도 또 드물지요."

"그건 그렇지."

기본적으로 재판을 할 때 판사는 세 명이 들어간다.

주심이 한 명에 부심이 두 명이다.

하지만 현실적으로 모든 재판을 그렇게 하는 것은 거의 불가능에 가깝다. 인원이 안 되기 때문이다.

그래서 소액 재판, 그러니까 2천만 원 이하의 재판들은 단한 명의 판사가 재판을 한다.

"거기에 가 보신 적이 있습니까?"

"그럴 일은 없지."

유민택 입장에서는 2천만 원 이하의 재판에 나갈 이유가 없으니까.

"심한 경우 절반이 보험회사의 소송입니다."

"뭐?"

유민택은 눈을 찌푸렸다. 그건 몰랐던 사실이니까.

"그들이 증거가 없는 싸움을 하지 않는다고요? 그건 틀린 말입니다. 물론 유 회장님이 아시는 싸움은 그렇겠지요. 하지만 일반적인 보험 수령은 이야기가 좀 다릅니다."

그들은 어떻게 해서든 돈을 주지 않으려고 한다.

그래서 소액 재판을 걸고 거기서 기계적으로 합의하는 경우가 많다.

많은 사람들이 치료비나 여러 가지 문제로 인해 다급하게 돈이 필요하기에 재판부의 강제조정을 받아들이는 편이기 때문이다.

기본적으로 그러한 소액 재판은 재판부의 부담을 줄이기 위해 거의 의무적으로 강제조정에 회부하니까.

"그런 사건들은 보험회사에 전혀 부담되지 않지요."

소송비용은 많이 들지 않는다.

한 건당 보통 19만 원 정도면 된다.

하지만 조정이 성립되면 최소 10% 이상 깎을 수 있다.

2천만 원짜리 사건이면 200만 원을 깎는 것이다.

그리고 일반적으로 조정에서는 20%를 깎는 게 보통이다.

당연히 일단 소송을 거는 게 보험회사에는 유리하다.

게다가 재판정에는 직원 하나만 보내면 된다.

기업의 경우 소속 직원에게 위임장 하나만 써 주면 대리인으로 자격이 인정되니까.

"하지만 소장은? 그거 만드는 비용이 적지 않을 텐데?"

"변호사가 다 만든다면 그렇지요. 하지만 당사자가 소장을 만드는 건 불법이 아닙니다. 그 방법을 모르니까 비싼 돈을 줘 가면서 소장을 변호사에게 부탁하는 거고요."

당연히 미리 만들어 둔 소장이 있다.

"아니, 소장 정도가 아니지요. 이미 소장 제작 프로그램이
있습니다."

사건과 이름 그리고 개인 정보와 사건 가액 등을 넣으면
알아서 자동으로 소장이 출력된다.

"그랬나? 몰랐네."

"모를 수밖에 없지요. 그걸 이야기해 줄 사람도 없지 않습
니까?"

"그건 그렇지."

"모 재벌 정치인께서 하신 말씀이 있지요, 버스비 70원쯤
하지 않느냐는."

유민택은 씁쓸한 미소를 지었다. 그도 아는 사람이니까.

그만큼 그들은 서민과는 다른 세계를 산다.

그렇다 보니 버스비를 모를 수밖에 없다.

그 당시 버스비는 1천 원이었다.

그런데 70원이라고 했으니 사람들이 얼마나 기가 막혔겠
는가?

"물론 제가 찾아가도 되기는 하겠지요. 하지만 제가 찾아
갔을 때 저를 순순히 응대할 가능성이 얼마나 되겠습니까?"

보험회사 입장에서는 새론이 좋게 보일 수가 없다. 지금까
지 보험회사와 싸운 사건이 적지 않기 때문이다.

"더군다나 변호사가 가서 이야기한다고 한들 그들이 쉽게 받아들일 수는 없을 테고요."

"그건 그렇지."

돈이 된다고 가서 설득한다고 다 받아들이면 대기업이 아니다.

대기업은 무척이나 딱딱하고 틀에 박혀 있다.

특히 한국의 대기업들은 외부의 조언을 받아들이지 않는 걸로 유명하다.

설사 그게 쓸 만하다고 판단해도 말이다.

만일 그게 쓸 만하다고 판단된다면 그걸 빼앗아서 자기들이 홀랑 먹어 버린다.

"그래서 나를 끼고 들어가는 거군."

"저희는 대규모 소송 전문 법무 법인입니다. 하지만 저희들이 접근하면 그 아이템을 보험회사가 홀랑 집어삼키겠지요."

이미 그들에게는 전문 법무 팀이 있다.

외부에 돈을 줘 가면서 고용할 필요가 없다.

"하지만 내가 끼면 이야기가 달라지는군."

어찌 되었건 유민택이 소개시켜 준 대규모 법무 법인이다.

그런 곳의 아이템을 섣불리 집어삼키려고 하기는 힘들다.

"좋은 일을 하는 것과 우리가 그걸로 벌 수 있는 돈을 포기하는 건 전혀 다르죠."

"그건 그렇지."

유민택은 고개를 끄덕거렸다.

그쪽에 연락을 해서 자리를 마련하는 것은 어려운 일이 아니다.

"하지만 그래도 아무런 증거도 없이 소송하는 게 쉽지 않을 텐데."

"압니다. 그래서 제가 보험회사를 끼고 가려고 하는 겁니다."

"어째서?"

노형진은 살짝 미소 지었다.

"지금은 21세기니까요."

과거를 보는 새로운 눈

유민택의 연락을 받은 보험회사들은 나름 사람들을 보냈다.

하지만 그 면면을 보고 노형진은 입맛을 다셨다.

'과장급이라……'

과장급 직원들. 절대 높은 급은 아니다.

'그만큼 별거 아니라고 생각하는 건가?'

하긴 유민택이 돈 벌 거리가 있다고 하니 보내기는 했겠지만, 변호사가 한 말을 그대로 믿기는 힘들었을 것이다.

'그래서 과장급이라 이거지.'

적당히 예의는 차리지만 그래도 크게 관심은 없다는 의미다.

'뭐, 상관없지.'

노형진은 그들을 바라보면서 그다지 기분 나쁘지 않았다.

애초에 대접받자고 시작한 일도 아니고 말이다.

"그래서 저희 손해를 보충할 수 있는 방법이 뭡니까?"

시큰둥하게 묻는 남자. 아마도 어쩔 수 없이 나온 게 기분 나쁜 모양이었다.

"보충할 수 있는 방법요? 간단합니다. 소송이지요."

"이미 그 부분은 들었습니다. 그 소송을 뭘로 한다는 겁니까? 더군다나 사건과 아무런 관련도 없는 정부를 상대로 말입니다."

서강호의 사건만 한다고 하면 한국도로공사를 대상으로 소송을 해야 한다.

하지만 보험회사를 끼기 시작하면 상황이 달라진다.

도로는 각 지방자치단체가 관리하게 되어 있기 때문이다.

"도로의 차선에 관한 문제입니다."

"도로의 차선?"

"그걸 어긴 게 정부랑 무슨 관계가 있다고요?"

"아니, 애초에 도로의 차선을 안 지키니까 사고가 나는 겁니다만?"

차선이라는 말에 피식 웃는 보험사 직원들.

그럴 수밖에 없다. 지금까지 단 한 번도 그걸 문제 삼아서 소송을 해 본 적이 없으니까.

'그러니 돈이 되는 걸 몰라서 당하고 있지.'

회사가 클수록 유연하기는 힘들다.

더군다나 한국은 직원이 내는 실적에 대해 그다지 큰 보상을 하지 않는다.

그렇다 보니 좋은 아이템이 있어도 퇴사한 다음 그걸로 직접 사업을 하거나 혼자만 알고 있는다.

아이템을 제공해도 보상해 주긴커녕 빼앗기거나 그와 관련된 일거리가 추가돼서 일만 더 많아지기 때문이다.

'그러고는 회의 때마다 좋은 아이템을 내놓으라고 닦달하지.'

특히 과장급쯤 되면 내놓는 입장이 아니라 닦달하는 입장이다.

"백문이 불여일견이라고 했습니다. 이걸 보시죠."

노형진은 서강호에게서 받은 블랙박스 영상을 틀어 줬다.

멀쩡하게 주행하던 서강호의 차가 갑자기 옆에서 튀어나온 트럭에 받히면서 옆 차선으로 튕겨 나갔고, 달려오던 차가 피하지 못하면서 다시 3차선으로 튕겨 나갔다.

"이 사건은 4중 추돌 사고였죠. 운이 좋게 사망자는 발생하지 않았습니다만."

"어우야."

그걸 보고 다들 눈을 찌푸렸다.

저 사건을 처리하라면 그들은 머리가 깨질 테니까.

"저거 보험료 나가는 거 생각하면 억 단위겠는데?"

"이야, 저거 산 게 다행이네."

"머리 좀 아픈 사건이네요."

고개를 절레절레 흔드는 사람들.

"그런데 이게 왜 돈이 된다는 거죠?"

"여기서 여러분들은 차량의 움직임만 보셨죠."

"그래야 과실 비율을 산정하니까……."

"그런데 여기서 차선을 보신 분?"

"차선?"

다들 살짝 눈을 찌푸렸다.

"무슨 차선?"

"그러니까 말입니다, 차선을 보신 분 있으십니까? 보다시피 사건이 벌어진 장소는 고속도로입니다만."

"어?"

정지된 화면을 보면서 한 사람이 의문을 드러냈다. 그럴 수밖에 없다. 정지된 화면에서도 보이는 게 없었으니까.

"없다?"

"고속도로에 차선이 없을 리가?"

한국도로공사가 아무리 멍청해도 저런 식으로 도로를 만들지는 않았을 것이다.

아니, 애초에 저런 식이면 개통이 불가능하다.

"이게 이번 사건의 핵심이죠."

"이번 사건의 핵심이라고요?"

"그렇습니다. 이 도로에는 규정보다 낮은 휘도의 페인트가 사용되었습니다."

"휘도? 그게 뭡니까?"

과장들은 어리둥절한 표정이 되었다.

그럴 수밖에 없다. 지금까지 도로용 페인트에 신경 쓴 일이 없으니 당연히 그에 대해 알지 못했던 것이다.

"휘도란 광원光源의 단위면적당 밝기의 정도입니다. 쉽게 표현하면, 얼마나 잘 보이게 만드느냐라고 볼 수 있지요."

노형진은 그렇게 말하면서 캡처한 사진을 그들에게 건넸다.

"사건 현장을 보면, 보다시피 이렇게 확대해야 간신히 도로의 차선이 보입니다. 즉, 정상적인 주행을 기준으로 하면 보이지 않는다는 거지요."

"으음……"

그 확대한 사진에서조차도 희미하게 보이는 차선.

"그리고 이건 명백한 규정 위반입니다. 다시 말해서 정부의 관리 책임 문제인 거지요."

"정부의 관리 책임!"

그들의 눈이 커졌다.

그리고 흐리멍덩하던 눈에 빛이 돌아왔다.

규정이 있으면 관리 책임이 있고, 관리 책임이 있으면 배상이 있는 법이니까.

수십 년간 소송을 한 그들이 그 간단한 논리를 모를 리 없다.

"경찰청의 지침에 따르면 이러한 차선은 야간에도, 그리고 비 오는 날에도 잘 보여야 합니다."

하지만 대부분의 도로의 차선은 비 오는 날은커녕 야간에도 안 보인다. 그나마 도심지에 있는 도로의 경우는 주변에 간판이나 가로등, 그리고 불을 켠 건물들이 많아서 잘 보인다.

"하지만 그런 게 없는 도로들은 안 보이지요."

애초에 그런 식으로 도색을 하는 이유가 바로 그거다.

어차피 주변에 빛이 있으니까.

그래서 도로용 페인트에 유리 가루를 섞지 않아도 잘 보이니까.

'뻔한 수작질이지.'

"하지만 규정은 규정이지요."

그게 주변의 빛 때문에 잘 보인다고 해도 그 책임이 감면은 될지언정 사라지는 것은 아니다.

그런 광원이 없는 도로는 그 책임이 감면되지도 않을 테고.

"전문가들의 제보에 따르면 대한민국의 도로 70% 이상이 이 지경이라고 하더군요."

"으음……."

과장들의 눈은 계속 화면을 바라보았다.

드디어 돈 냄새를 맡은 것이다.

"저는 잘 모릅니다. 비 오는 날과 밤에 벌어지는 사건이 얼마나 많은지요. 그건 여러분들이 잘 아시겠지요."

"많지요. 엄청 많지요."

그런 날은 진짜 보험회사 출동 기사들에게 힘든 날이다.

사방에서 사고가 터지는데 사람 수에는 한계가 있으니까.

차선도 안 보이는데 수막현상 때문에 미끄럽기까지 하다.

"그런 사건들은 상황마다 다르겠지만, 결국 차선이 안 보여서 나는 사건도 분명 있지요."

과장들은 눈을 데굴데굴 굴렸다.

경험상 돈이 얼마나 나올지 추산해 보는 것이다.

'못해도 수십억은 나오겠지.'

어쩌면 수백억이 될 수도 있다.

어떻게 해서든 주는 돈을 줄이고 손해를 줄이기 위해 무차별 소송을 하는 보험회사들이다.

그들이 과연 모른 척할까?

"하지만 그걸 입증할 방법이 없지 않습니까?"

아까와 다르게 관심이 듬뿍 담겨 있는 목소리.

"그래서 제가 여러분들을 모신 겁니다."

"우리를?"

"시대가 바뀌었으니까요."

"그게 무슨 말이지요?"

"우리에게 두 눈이 있듯이, 요즘에는 차에도 눈이 달려 있지요."

"블랙박스!"

그게 뭘 뜻하는지 그들은 쉽게 알아차렸다.

차량용 블랙박스. 요즘은 그걸 달지 않은 차보다 단 차가 훨씬 많다.

실제로 과거에 길바닥에서 누구 잘못이냐고 싸우던 모습이 많이 사라진 이유가, 어지간히 복잡한 사건이 아니고서야 당사자 중 한 명만 블랙박스를 달고 있으면 답이 나오기 때문이다.

"맞습니다, 블랙박스. 그 안에는 사고의 내용이 그대로 담겨 있지요."

그리고 그 모든 자료를 가지고 있는 게 보험회사다.

'내가 왜 굳이 보험회사를 끼는데.'

사실 노형진이 소송하면 서강호 사건은 이길 수 있다.

그들의 말마따나 관리를 하는 주체에서 규정을 위반한 것은 사실이고, 그것 때문에라도 그들은 어느 정도의 책임을 져야 하니까.

'하지만 그래 봤자 의미가 없지.'

어찌 되었건 사고의 주체가 아니기 때문에 그들의 책임은 많아 봐야 20% 내외.

그게 전부 인정된다고 해도 그들은 그냥 재수 없었던 거라고 생각하고 그 돈을 주고 넘어가려고 할 게 뻔하다.

'모르면 모를까, 내가 그냥 당할 줄 알고?'

우리나라 사람들 중에서 차를 안 타고 다니는 사람은 드물다.

즉, 그들은 전 국민의 목숨을 담보로 위험한 게임을 하고 있는 셈이다.

설사 걸려도 문제가 안 될 만한 그런 게임 말이다.

걸린다고 해도 그들에게 적용될 죄목은 뇌물 수수 정도일 테고, 기껏해야 감봉 또는 정직 정도가 처벌의 끝일 것이다.

'그리고 그건 계속되겠지.'

그들이 그 자리에서 물러나도 다른 놈들이 들어올 테고, 그들에게 도색하는 업자들은 계속 뇌물을 줄 것이다.

'하지만 보험회사가 끼면 상황이 달라지지.'

공무원들의 처벌은 그들이 입힌 손해를 기준으로 결정된다. 정확하게 표현하자면 그가 얼마나 상관의 배알을 뒤틀리게 했느냐는 걸로 판단된다고 보면 된다.

'서강호 사건 하나라면?'

그냥 똥 밟은 거다. 그건 잘해 봐야 감봉으로 끝날 게 뻔하다.

'하지만 대한민국을 뒤흔드는 사건으로 발전하면?'

그 자리를 지키는 것만 해도 기적에 가까운 일이 될 것이다.

"그리고 대한민국에서 가장 많은 블랙박스 영상을 가지고 있는 곳은 다름 아닌 보험회사지요."

일단 사고가 난 대부분의 사건에 대한 영상이 있다.

그리고 그 영상만 있다면 노형진은 정부를 뒤흔들 수 있다.

"아마 제법 쏠쏠하게 돈이 될 겁니다. 후후후후."

⚖️

얼마 후에 노형진을 찾아온 사람은 과장급이 아니었다.

부장급이 정중하게 노형진을 찾아왔다.

'돈이 되는 걸 안 거겠지.'

한국에서 한 해에 지급되는 보험료는 어마어마하다.

그중 10%만 돌려받아도 보험회사 입장에서는 어마어마한 흑자를 달성할 수 있다.

"지난번에는 아직 미숙해서 업무 처리가 늦었습니다. 죄송합니다."

"아닙니다. 처음 시작하는 일이니까요."

노형진은 고개를 끄덕거렸다. 어차피 같이 갈 거라면 날 무시하느냐고 따질 이유는 없다.

"일단 저희 회사의 전 직원이 총동원되어서 해당 영상들을 확인하고 있습니다."

보험회사에서는 시간별로 그리고 날씨별로 사건이 벌어진 시점을 확인한다.

그런데 이번 사건의 중대함을 깨달은 보험회사는 해당 사건이 벌어진 시점을 바탕으로 여유 인원을 총동원하여 영상을 확인 중이었다.

이들이 확인하는 것은 단 하나. 해당 영상에서 도로의 차선이 보이느냐 안 보이느냐.

"그런데 도움이 필요하시다고요? 단순히 저희한테 소송을 받아 가려고 하시는 건 아닌 것 같네요."

부장의 말에 노형진은 고개를 끄덕거렸다.

블랙박스도 블랙박스지만 더 큰 목적을 위해서는 보험회사의 도움이 필요했다.

"네, 저는 혼자이니까 아무래도 움직이는 데 한계가 있거든요."

"뭘 도와드릴까요?"

"휘도를 측정할 사람들이 필요합니다."

"휘도를요?"

부장은 고개를 갸웃했다. 소송 자체는 블랙박스에서 촬영된 영상으로 충분히 할 수 있기 때문이다.

그런데 따로 휘도 측정을 한다니? 이해가 가지 않았다.

그런 그를 위해 노형진은 다시 한번 차분하게 설명을 해 줬다.

"이런 사건의 관건은 도로의 차선의 재귀 반사 휘도 수치가 규정 이하인가 여부입니다. 물론 동영상에도 보이지 않는다는 것이 중요하지만, 한편으로는 그들의 행동이 상습적이어야 한다는 것도 증명해야 하지요. 다들 아실 테지만 그 행동이 상습적이냐 아니냐도 손해배상 금액에 아주 큰 영향을 미칠 수밖에 없습니다."

"그렇지요. 맞습니다."

노형진의 말에 부장은 고개를 끄덕거렸다.

규정을 지켰다고 해도 결과적으로 보이지 않는다면 국가에 손해배상을 청구할 수 있다.

하지만 이번 사건의 핵심은 관리 주체가 그 규정마저도 지키지 않았다는 것이다.

그런 경우 그 관리 주체의 관리 의지가 손해배상에 상당한 영향을 끼친다.

가령 규정을 지키지 않은 곳이 한 10% 미만이라고 하면 실수이거나 일부 직원의 부패일 수도 있다.

하지만 전문가의 말대로 70% 이상이라면, 그건 관리 주체가 대놓고 법을 무시한 것으로밖에 볼 수 없다.

전자라면 직원에게 배상 책임이 있겠지만 후자는 관리자의 책임이다.

당연하게도 그 배상 능력은 후자가 더 뛰어나다.

그러니 더 많은 돈을 받아 낼 수 있다.

법무 팀을 이끄는 부장급이라고 한다면 법에 대해 모를 수는 없다.

그러니 과실과 고의의 차이가 얼마나 큰지 누구보다 잘 안다.

"그래서 전국을 돌아다니면서 휘도를 측정해야 합니다."

"사고 다발 지역이나 고속도로 같은 곳 말이군요."

"네."

비록 전문가가 대략 70%가 불법적으로 도색된 곳이라고 하기는 했지만 그건 어디까지나 추정치일 뿐이다.

애초에 그가 혼자서 도색을 전부 확인할 수도 없는 노릇이고 사람들이 잘 다니지 않는 곳을 갈 수도 없다.

그리고 다른 사회단체와 다르게 그들에게 들어가는 지원 역시 없다.

당연하게도 전국적으로 휘도를 측정하고 평균값을 낸 후 얼마나 많은 규정 위반이 벌어지고 있는지 알아봐야 소송을 할 수 있다.

"그리고 보험회사들은 각 지역마다 지점이 다 따로 있지요."

"하지만 그 가격이 좀……."

휘도 측정기는 쓸 만한 보급형이 대략 35만 원선이다.

그걸 한 개만 살 수는 없으니 지점별로 최소 다섯 개 이상 사야 하는데, 그게 허가가 날지 모를 일이었다.

"원래 회사는 투자를 해야 돈을 벌 수 있는 법입니다."

"그건 그렇지요."

"그리고 이번 한 번만 쓸 게 아니지 않습니까?"

"하긴 그러네요."

그런 사고가 났을 때 휘도가 낮은 걸 증명해서 정부에서 10%만 받는다고 해도, 그걸 사는 데 들어간 돈은 충분히 복구하고도 남는다.

대부분 차량 사고가 나면 기백은 쉽게 깨지니까.

"당연하게도 그걸 측정할 때는 사고가 난 순간에 하든가 같은 조건에서 하든가 해야 합니다."

광범위하고 어마어마한 양의 자료. 그게 필요하다.

하지만 노형진은 그 자료를 직접 얻을 생각이 없었다.

'내가 아니더라도 보험회사라면 충분히 할 수 있으니까.'

부장은 잠깐 고민했다.

하지만 그 고민은 짧았다.

부장급쯤 되면 이런 일을 요구하는 건 어렵지 않다.

'더군다나 확실하게 돈이 된단 말이지.'

법무 팀의 주요 업무는 돈을 벌어 오는 게 아니라 돈이 나가는 걸 막는 것이다.

중요한 업무이기는 한데, 아무래도 돈을 벌어 오는 건 아니다 보니 무시받는 것도 사실이다.

'하지만 예상대로 된다면…….'

이미 법무 팀에서 노형진이 한 말에 대한 검토를 끝냈다.

그리고 충분히 타당성이 있다고 판단했다.

어찌 되었건 규정을 위반한 것은 도로 관리 주체이기 때문이다.

사실 도로 관리 주체의 책임은 상당히 강한 편이다.

다만 대부분의 사람들이 그걸 몰라서 당할 뿐이다.

가령 고속도로에 낙하물이 발생하는 경우, 그리고 그로 인해 사고가 발생하는 경우 도로를 관리하는 주체는 일부 손해 배상을 하도록 되어 있다.

'물론 허울뿐인 규정이지만.'

이 규정의 문제는 그 배상 기준이 관리 측에 명백한 과실이 있다는 것을 증명해야 한다는 것이다.

당연히 그건 불가능하고 말이다.

규정은 만들었지만 돈은 주기 싫은 것이다.

실제로 고속도로 낙하물을 발견해서 신고하는 경우 그 보상을 하도록 되어 있다.

하지만 낙하물 신고가 들어와도 그들은 따로 보상금을 주지 않는다.

정확하게는 신고자가 그걸 알고 별도로 요구하기 전까지는 절대 먼저 이야기하지 않는다. 신고가 늘어나면 사고가 줄겠지만 그 대신 보상금도 늘어날 테니까.

'하지만 보험회사를 대상으로 그런 헛짓거리는 이제 못 하지.'

노형진은 속으로 웃음을 삼키며 말했다.

"그러면 이제 여러분들이 나서서 저를 도와주시면 됩니다. 그 자료가 많아질수록 우리가 받을 돈도 많아지겠지요."

부장은 고개를 끄덕거렸다.

"당장 사람들을 동원해서 측정을 시작하지요."

"뭐라고? 휘도 측정? 소송?"

보험회사에 다니는 사람은 한두 명이 아니다.

딱히 비밀도 아니고 수많은 사람들을 통해 소송을 시작했는데 한국도로공사에서 모를 리가 없었다.

"그러니까 도로의 차선이 안 보여서 사고가 났으니 그걸 책임지라는 거야?"

조정용 도로공사 사장은 순간 말문이 막혔다.

지금까지 그런 소리는 들어 본 적이 없으니까.

"그게 무슨 소리야?"

"그게……."

부하는 눈을 데굴데굴 굴렸다.

사실 도로공사 사장은 대부분 낙하산이다.

쉽게 말해서 선거가 끝나면 일종의 보은 인사로 떨어지는 사람들인 것이다.

당연하게도 그들은 도로공사의 내부 사정을 모르고, 공사의 직원들은 그걸 이용하여 업체와 작당해서 그렇게 수작질을 부리는 것이다.

어차피 윗선은 길어 봐야 4년이니까.

당연하게도 공사 사장들은 이런 규정에 대해 몰랐다.

"사실은, 사고가 난 도로들의 차선의 휘도가 규정보다 낮아서……."

"낮다고?"

"네, 휘도를 높여야 하는데……."

"왜? 아니, 도로 차선은 멀쩡하잖아? 그런데 뭐가 낮다는 거야?"

부하는 어쩔 수 없이 모든 것을 설명해야 했다.

그로 인해 어마어마한 불똥이 튀겠지만, 그렇다고 해서 전혀 설명하지 않을 수는 없으니까.

비밀로 하기에는 일이 너무 커졌다.

당연히 그걸 설명하기 위해서는 휘도에서부터 모든 걸 다 하나씩 설명해야 했고, 그 말을 들은 조정용의 얼굴은 붉으락푸르락해졌다.

"그러니까, 규정을 지키지 않아도 뇌물을 받고 일을 무마해 줬고, 지금까지는 단 한 번도 문제가 된 적 없는데 이번에 갑자기 문제가 되었다?"

"네…… 그렇습니다."

"왜 하필이면 지금?"

"그게…….'

그들이라고 이렇게 될 줄 알았겠는가? 다들 차량 사고는 당사자들의 책임이라고만 생각했지 도로의 차선이 문제라고는 생각해 본 적 없었다.

"이 새끼들이 미쳤나? 그러니까 수십 년간 싸지른 똥이 이번에 터졌고 그걸 나보고 치워라?"

"아니, 사장님, 그게 아니라…….'

"아니긴 뭐가 아니야, 이 개새끼들아!"

조정용은 길길이 날뛰기 시작했다.

날뛸 수밖에 없다.

그는 여기에 온 지 얼마 되지도 않았다.

그런데 이게 터지면 자리 보전은커녕 수사를 피할 수가 없게 된다. 정작 그는 그 돈을 본 적도 없는데 말이다.

　물론 그걸 인정받아서 처벌이야 면할 것이다.

　수십 년간 몰래 아래에서 벌어진 일이니까.

　하지만 그렇다고 해도 그의 정치적인 커리어는 끝장이다.

　"이 개새끼들아! 수습할 기회가 있었으면 수습을 해야 할 거 아냐!"

　"죄송합니다. 하지만 보험회사를 낄 줄은 전혀 예상하지 못해서……."

　"이 미친 새끼들이 진짜! 그럼 그동안은 지금 끼어들 거 예상하고 했어? 어? 법은 왜 만들었는데? 법은 왜 만들었는데!"

　"아니, 그건 법이 아니라 경찰청의 도로 관리 규정이라서……."

　"지금 그걸 변명이라고 하는 거야!"

　규정이든 뭐든 결국 지키라고 만든 거다.

　"소진영 부장? 걘 뭐야? 어? 그냥 적당히 무마할 수 있는 일을 왜 이따위로 키운 거야!"

　"아니, 소진영 부장도 일이 이렇게 될 줄은 몰랐기에……."

　"몰랐다고 하면 해결될 문제야? 지금 도로공사가 날아가게 생겼는데!"

　청구 금액이 얼마나 되지는 모른다.

　하지만 절대 적지는 않을 것이다.

　"당장 긴급회의 준비시켜! 그리고 소진영 부장은 바로 징계 절차 들어가!"

"징계요?"

부하는 움찔했다.

사실 소진영이 잘못한 것은 아니다.

그녀는 상관의 말에 따라 행동한 것뿐이다.

"저기, 그게…… 소진영 부장의 잘못은 별로 없습니다."

그나마 사정을 아는 부하는 힘들게 그녀의 편을 들어 줬다.

"뭐? 이 새끼가 미쳤나? 너 소진영이랑 뭔 관계야?"

"아니, 그게 아닙니다. 사실은 이거 덮으라고 이사님이……."

부하는 눈을 데굴데굴 굴리며 말했고 조정용은 머리를 부여잡았다.

"이게 무마가 될 거라고 생각해? 이 새끼들이, 아무리 낙하산이라고 하지만 뇌를 어디다 헌납했나? 소송을 하러 변호사가 왔는데 무마하라고 지시하는 게 말이나 되느냐고! 도대체 어떻게 된 거야!"

그 말에 부하는 입술을 깨물었다. 그가 생각해도 정상적인 상황은 아니었다.

'소진영이 당하면 다음은 나야.'

그 사실을 알고 있는 그는 마음을 독하게 먹었다. 앉아서 당할 생각은 눈곱만큼도 없었다.

"아마 이사들은 소진영을 희생양으로 삼으려고 한 것 같습니다."

"희생양?"

"그렇습니다."

일단 합의를 하라고 하며 그녀를 보낸다.

당연히 합의는 깨진다.

애초에 이쪽은 돈을 주지 않는 게 목적이니까.

당연하게도 소송이 진행될 수밖에 없다.

"그리고 그렇게 되면 합의를 주도한 건 소진영이 되니까……."

"이런 개새끼들."

조정용은 이를 박박 갈았다. 지금 부하가 말하지 않았다면 실제로 벌어질 일이었으니까.

"그래서 소진영도 자포자기한 상태에서 좀 말을 험하게 한 것 같습니다만……."

"이사라는 새끼들이 그렇게 하찮은 수를 써? 이게 그냥 넘어갈 일이야? 어? 돈을 얼마나 받아 처먹었기에 일을 이따위로 하는 거야? 당장 감사실에 이야기해서 감사 시작해! 이 새끼들 다 죽었어!"

길길이 날뛰는 사장을 보면서 부하는 입술을 깨물었다.

자신의 악몽이 현실로 다가오는 모습이었으니까.

⚖️

"어마어마하네."

노형진은 혀를 끌끌 찰 수밖에 없었다.

전문가가 한 예상은 70% 정도가 규정 위반일 거라고 했다.

하지만 현실은 더 엄청났다.

"80%요?"

이번 사건을 도와주기로 한 무태식 변호사가 가지고 온 수치는 노형진의 예상을 아득하게 넘어선 수치였다.

"그렇다고 하네요. 물론 전 지역에 있는 도로를 다 확인한 건 아니니까 확정하기는 힘들겠지만, 현재로써는 80% 정도가 규정 미달이랍니다."

그나마 완전히 외곽 지역은 규정을 지킨 경우가 많았다.

아이러니하게도 그쪽은 광원이 적기 때문에 오로지 차량의 라이트로만 비추어야 해서 규정대로 만들었던 것이다.

"하지만 시내 도로는 거의 규정 위반이더군요."

차도 많고 광원도 많으니 아예 대놓고 법을 어긴 것이다. 어차피 잘 보인다고 말이다.

"아주 막장입니다. 보험회사 직원들은 입이 귀에 걸렸어요."

"아무래도 손해를 보충할 수 있는 방법이 생겼으니까요. 청구 금액은 얼마 정도 될 것 같습니까?"

"보험사마다 조금씩 다르기는 하지만 다 합하면 한 2조 8천억 정도 될 것 같답니다."

"2조 8천억요?"

노형진은 피식 웃었다.

"진짜로 그걸 받을 생각을 하는 건 아닐 테고."

아무리 관리 주체에게 어느 정도 책임을 묻는다고 하지만 저 정도 금액이 나올 수는 없다.

물론 그들이 가진 자료가 얼마나 많은지는 모르지만, 모든 사건에서 차선이 안 보이지는 않았을 테니까.

"이번에 제대로 틀을 잡고 소송을 계속할 생각인가 봅니다."

"그럴 겁니다. 손해를 벌충할 수 있는 방법이 있는데 그걸 두고 볼 리 없지요."

더군다나 장기적으로 본다면 이건 꿀 나오는 노다지나 마찬가지다.

물론 관리 주체들은 입술이 바짝바짝 타겠지만 말이다.

'애초에 그게 목적이고 말이지.'

소송 하나로 그들이 바뀔 거라고 기대하기는 힘드니까.

"그나저나 친구분 문제는 어떻게 되어 가고 있나요?"

"친구? 아, 서강호요?"

"네. 애초에 의뢰를 하신 게 그분이지 않습니까?"

"그건 그렇지요."

정확하게 말하면 의뢰는 아니다.

정식으로 돈을 준 건 아니니까.

하지만 노형진이, 충분히 가능하고 그들의 행동으로 인해 많은 사람들의 목숨이 위험해진다고 생각해서 움직인 것이다.

"따로 사람을 모을 겁니다."

이것이법이다

"네? 그게 무슨 말씀이신지요?"

노형진의 말에 무태식은 고개를 갸웃했다. 따로 사람을 모으다니?

"보험회사는 당연히 도로의 관리 주체에게 소송을 걸 겁니다. 각 국도는 그걸 관리하는 도시, 고속도로는 한국도로공사가 되겠지요."

"그렇지요."

"하지만 그들이 생각하는 건 자기들의 돈이지요."

"자기들의 돈? 아, 그러네요. 그들이 노리는 건 자기들의 돈이겠네요."

보험이라는 것은 가입자가 돈을 미리 조금씩 내고 비상시에 도움을 받는 구조로 되어 있다.

당연하게도 가해자의 경우는 이런 사건에서 정부를 대상으로 소송을 하지 못한다.

그 손해액을 벌충해 준 것이 보험회사니까.

그래서 대부분의 경우 가해자는 그다지 금전적 타격이 없다.

"그런데 말이지요, 보험회사는 기본적으로 쌍방을 아주 좋아하지요."

운전자 보험과 관련해서 이런 말이 있다.

일단 운전석에 앉는 순간 10 : 0은 없다고 말이다.

그런 말이 나오는 이유는 간단하다. 그래야 보험회사가 보험료를 올릴 수 있기 때문이다.

10 : 0이면 과실이 없기 때문에 보험료를 올릴 수가 없다.

"하지만 9 : 1만 되어도 달라지지요."

자기 과실이 있기 때문에 보험료를 올릴 수 있다.

"그래서 어지간한 사건은 보통 7 : 3을 주장하죠."

"그건 그렇지요."

"반대로 말하면, 모든 가해자들은 동시에 피해자가 되었다는 뜻입니다."

물론 싸워서 10 : 0으로 처리한 사람이 없는 것은 아니다.

하지만 그런 사람들은 드물다. 교통사고는 애매한 경우가 많으니까.

"그런데 보험회사가 그 돈을 받는다고 해서 피해자들에게 줄까요?"

"줄 리 없지요."

분명 그걸 자기들이 꿀꺽할 것이다.

그건 너무나 당연한 말이다.

"그러니 진짜 당사자들은 따로 모아야 합니다. 그리고 제 친구도 거기에 함께할 테고요."

"그런데 보험회사를 낀 건? 왜 끼신 겁니까?"

"편하잖습니까?"

일단 보험회사가 끼면 온갖 압박이 들어갈 것이다.

이번 사건의 핵심은 도로 관리자의 책임이다.

"한번 재판부에서 인정받고 나면 다른 곳에서는 딱히 싸울 이유가 없지요."

그 이후에 남는 것은 그 배상금의 기준을 산정하는 내용이다.

"그리고 대부분의 경우 블랙박스는 보험회사에서 관리하거든요."

그리고 보험회사가 소송해서 그 자료를 찾아낸다면 그들은 그걸 받아서 편하게 소송할 수 있다.

"사고 처리가 끝난 상황에서 사고 블랙박스를 가지고 있는 사람은 별로 없으니까요."

노형진은 어깨를 으쓱하며 말했다.

"이제 광고를 올릴 겁니다."

그리고 그 광고를 보고 사람들이 오면 소송은 그때부터 시작이었다.

⚖

교통사고의 피해자는 한 해 수십만 명이다.

그중 비가 오고 밤에 벌어진 사건만 골라내도 절대 적지 않다.

당연하게도 그들 중 많은 사람들이 광고를 보고 연락을 해왔다.

"미친 새끼들."

조정용은 이를 빠드득 갈았다.

그럴 수밖에 없다. 보은 인사라고 꿀을 빨라고 보내 준 자리인데, 꿀은커녕 자기 커리어가 박살 나게 생겼으니까.

"이게 사실이야?"

"아마도……."

"아마도? 아마도? 이 새끼들아, 지금 이게 '아마도'라는 말로 해결될 상황이야?"

보험회사의 조사 결과에 따르면 규정 위반된 도로만 80%다.

사실상 특별히 관리한 곳을 제외하고는 전국 대부분의 도로가 규정을 어겼다는 소리다.

"저쪽은 이쪽을 죽이겠다고 덤비고 있는데 이쪽은 얼마나 사고를 쳤는지도 몰라?"

"……."

답을 할 수가 없었다.

사방에서 돈을 처먹은 덕분에 전 도로를 모조리 새로 도색해야 한다.

"새로 깔끔하게 도색하라고 했더니 거기서 또 돈을 받아 처먹어?"

사고가 났던 장소에 다시 도색을 하라고 한 조정용이었다. 일단 면피라도 해 보기 위해서였다.

하지만 아랫사람들은 그걸 모르는 건지 다시 도색 하청을 주는 과정에서 또 돈을 받아서 도색을 날림으로 했기에, 말이 새로 한 거지 휘도는 과거와 그다지 달라지지 않았다.

"전국에 있는 모든 도로를 다 도색한다는 게…….”

"변명으로 해결될 상황이야, 지금?”

보험회사도 부담스러워 죽겠는데 사건 당사자들을 모으기 시작했다는 말에 조정용은 이를 빠드득 갈았다.

"이 새끼들 이거, 어떻게 해서든 해결해. 알았냐?”

"네…… 사장님…….”

"말만 하지 말고 해결해! 알았어?”

조정용은 발끈해서 화를 냈지만 알고 있었다. 해결 방법이 없다는 것은.

그런데 의외의 장소에서 그 해결책이 튀어나왔다.

"구상권 청구 소송을 도와드리겠습니다.”

실실 웃으면서 말하는 노형진.

조정용은 기가 막혔다.

그는 이번 사건을 담당한 변호사다.

그런데 뻔뻔하게 자신을 찾아온 것도 모자라서 소송을 의뢰하라는 말을 하고 있었다.

"뭐? 구상권?”

"그렇습니다.”

노형진은 느긋하게 소파에 기대어 말했다.

'모든 죄에는 벌이 따르는 법.'

그들이 받은 뇌물로 누군가는 죽었을 수도 있고 누군가는 장애인이 되었을 수도 있다.

그리고 그들은 벌을 받아야 한다.

"모든 사건에는 그 책임이 있기 마련이지요. 사실 조정용 사장님은 이번 사건에 대해 아무런 책임도 없지요."

"그 사건을 일으킨 변호사가 할 말은 아닌 것 같은데?"

"제가 일으킨 사건은 아니죠. 언젠가는 터질 일이었을 뿐입니다."

"그냥 터트리면 안 되는 거였나? 꼭 소송까지 해야 했나?"

조정용은 노형진이 진짜 미웠다.

자신의 인생을 쥐고 흔드는 변호사를 좋아할 사람이 누가 있겠느냐마는.

"이미 한번 터졌습니다."

"뭐?"

조정용은 깜짝 놀랐다.

이미 터졌다니? 그건 그도 몰랐던 일이기 때문이다.

"4년 전이던가요, 5년 전이던가요. 모 방송국에서 이 문제를 이야기한 적이 있지요."

하지만 그건 채 일주일도 가지 않았다.

일주일은커녕 사흘도 지나지 않아서 사라졌다.

"그 당시에 도로공사 쪽에서 손썼겠지요."

"크으윽."

조정용은 이를 박박 갈았다.

물론 자신이 마냥 깨끗한 사람은 아니다.

하지만 남이 싸지른 똥을 대신 뒤집어쓰고 청소하고 싶은 마음은 전혀 없었다.

"그래서 협상하고 싶습니다."

"협상?"

"그렇습니다. 어차피 이건 소송을 해도 저희가 유리하지요."

물론 청구 금액이 깎일 수는 있다.

하지만 한국도로공사가 책임을 피할 수는 없다.

'피할 수 있으면 피해야지.'

사람들은 변호사가 소송을 좋아한다고 생각한다.

하지만 어디까지나 소송은 최후의 방법이다.

당장 협상을 해서 해결하면 소송비도 아낄 수 있을 뿐만 아니라 시간을 아낄 수 있다.

재판정에 출석하는 시간을 이야기하는 게 아니다.

재판이라는 것은 결국 판사라는 사람을 설득하고 그 설득을 통해 이익을 얻는 행위다.

그리고 설득을 위해 준비해야 하는 서류는 어마어마하다.

'이렇게 사건이 많고 크면 더욱 힘들지.'

당연히 저쪽에서 그걸 방어하기 위해서는 어마어마한 돈을 줘야 한다.

"그래서? 협상으로 끝내자? 내가 여기서 그걸 받아들이면 내 처지가 어떻게 되는지 아나?"

조정용은 피식 웃었다.

만일 그런 일을 저지르면 그는 사회적으로 매장될 것이다.

그의 잘못은 전혀 없는데도 말이다.

최소한 그는 이번 사건에 관해서는 어떠한 잘못도 없는 것이 사실이니까.

"하지만 그걸 고친다면 이야기가 달라지지요."

"고친다?"

"그렇습니다. 이러한 일은 감추려고 하면 같이 엮여서 끌려들어 가지요."

"그래서?"

"구상권 청구를 하시면 됩니다."

"구상권?"

"아마 법무 팀에서는 이런 이야기를 해 주지 않았겠지요?"

조정용은 아무런 말도 못 했다.

실제로 법무 팀에서는 이런 문제에 대해 전혀 이야기하지 않았기 때문이다.

"하지만 그 법무 팀은 결국 직원이지요. 안 그런가요?"

"이런 쌍놈의 새끼들."

조정용은 바로 눈치를 챘다.

이런 문제가 한두 해 있어 왔던 것도 아니다.

거기에다 노형진의 말에 따르면 방송에서도 한번 언급된 문제다. 당연히 법무 팀이 모를 수가 없다.

"한통속이라는 거지요."

노형진은 어깨를 으쓱하며 말했다.

"선거가 끝나고 나면 무조건 바뀌는 낙하산 대표. 어차피 정권이 바뀌면 가거나, 그 정권 기간도 못 채우는 사람들이 대부분입니다."

보은 인사로 내려보냈다고 하지만 능력이 부족하거나 다른 사람에게 보은을 해야 하는 경우에는 그 사람이 내려가기도 하는 것이 현실이다.

"그러니 대부분의 대표들은 아무런 책임도 없지요. 정확하게 말하면 모른다고 하는 게 맞겠네요."

위쪽은 바뀌지만 아래쪽은 바뀌지 않는다.

그렇다 보니 조직은 부패하기 시작한다. 그걸 통제해야 하는 사람이 결국은 한낱 뜨내기일 뿐이니까.

"윗물이 맑아야 아랫물이 맑다, 이건 맞는 속담입니다. 하지만 그게 윗물이 맑으면 아랫물도 맑다는 뜻은 아니지요."

윗물이 제대로 하지 않으면 아래에서 썩어 문드러져도 모르는 게 조직이다.

'하물며 낙하산이야 뻔하지.'

무슨 문제가 있으면 그걸 해결하기보다는 감추고 은폐하면서 폭탄 돌리기를 하는 것이다.

"그리고 재수 없게 사장님 타이밍에서 폭탄이 터진 거고요."

"크윽."

"하지만 반대로 생각할 수도 있지요. 진짜 폭탄이 아니니까, 과거의 사람들에게 그 책임을 물을 수도 있습니다."

"그게 구상권이다?"

"한국 사람들은 성격상 용서를 좋아합니다."

잘못했다고 나서서 사과하는 사람에게 매몰차게 하지 못한다.

물론 겉으로만 사과하고 뒤에서 수작질하는 놈들은 그러한 대상에서 벗어나지만 말이다.

"어차피 이건 대표님이 사과를 하지 않고 그냥 넘어갈 수는 없는 사건입니다. 안 그런가요?"

"그건 그렇지."

전국 도로의 80%에 불법이 성행한다.

이걸 그냥 넘기고 싶어도 보험사에서 순순히 넘어갈 리 없을 것이다.

여론이 악화될수록 보험회사가 돌려받을 돈도 많아질 테니까.

"어차피 줘야 하는 돈입니다. 하지만 그걸 보충할 방법이 없는 건 아니죠."

"그게 구상권 청구란 말이지?"

"그렇습니다."

구상권 청구란 쉽게 말해서 이런 거다.

누군가 내부에서 범죄를 저지를 경우 그 배상금을 일단 집단에서 먼저 주고, 그 후에 그 집단에서 그 불법을 저지른 사람에게 그 돈을 내놓으라고 소송을 하는 거다.

"보통은 이런 걸 하지 않지요."

왜냐하면 그런 경우 법원에서 줄 필요가 없다고 하면 집단에는 손실로만 남기 때문이다.

"하지만 이런 경우는 그렇게 나올 가능성이 거의 없습니다. 사실 대한민국에서 구상권 청구를 하는 집단은, 특히 공무원이나 공사 집단은 거의 없어요."

심한 경우는 수십억 원어치 사건이라고 해도 구상권을 청구하지 않는다.

그 정도면 서로 아는 사이인 경우가 많고 당연하게도 그 비리에 서로가 엮이는 경우가 많기 때문이다.

"하지만 그 부분에서 최소한 조정용 사장님은 자유롭죠."

이곳에 자리 잡은 지도 얼마 되지 않았고 그사이에 심각한 비리를 저지르지도 않았다.

"그리고……."

노형진은 목소리를 낮췄다.

"그렇게 한번 청소하고 나면 그 안에 자기 사람을 심기도 훨씬 더 편하지요."

그러자 조정용의 얼굴에 순간 살짝 환희의 기색이 떠올랐다가 사라졌다. 미처 그 생각은 못 했기 때문이다.

'자를 수 있는 조건이 없는 것도 아니잖아?'

이 정도 건수면 충분히 자를 수 있다.

특히 전임자들이 심어 둔 놈들을 자를 수만 있다면 그가 이 자리를 제법 오래 지킬 수 있을지도 모른다.

'자기들끼리 싸우는 건 내 알 바 아니지.'

노형진은 속으로 비웃음을 삼켰다.

하지만 이건 확실하다.

그런 부패한 놈들을 잘라 내면 내부에서 승진할 수밖에 없다.

그리고 내부에서 승진하게 된다면 새로운 피를 수혈할 수밖에 없다.

최소한 수백 명의 취업 자리가 생기는 것이다.

'썩어 빠진 놈들보다는 훨 낫겠지.'

"어차피 줘야 하는 돈입니다. 차라리 파격적으로 준다고 하고 그 후에 범죄자들에게 구상권을 청구한다면, 상황은 달라지지요."

"끄응…… 그렇기는 한데……."

"인간의 심리라는 게 그렇습니다. 기존 세력과 별개의 존재로 인식시키기 위해서는 말로는 안 됩니다."

만일 여기서 조정용이 '저는 과거의 범죄자들과 관련이 없습니다. 여기에 취임한 지 1년도 되지 않았습니다!'라고 외쳐 봐야 사람들은 그를 따로 구분해서 보지는 않을 것이다.

이것이밥이다

도리어 책임지지 않으려고 발악한다고 색안경을 끼고 볼 게 뻔하다.

"하지만 심리적으로 선을 긋는 정도가 아니라 너희들과 함께 보복하겠다고 하면 이야기가 달라지지요. 이런 말이 있지 않습니까, 적의 적은 아군이라는."

국민들에게 부패한 공직자들은 적이다.

그런데 조정용이 '나는 책임이 없다. 난 몰랐다.'라고 해 봐야 일종의 묵인으로 보일 뿐이다.

"하지만 내가 그들을 공격하면?"

"조 사장님은 개혁의 이미지를 가지고 갈 수 있습니다."

조정용의 눈에서 숨길 수 없는 탐욕이 빛났다.

그의 꿈은 정치다. 그저 그런 정치가 아니라 가슴에 금배지를 달고 장기적으로 대통령 후보로 나가는 것이 꿈이다.

"그런 사람에게 부패와 싸우는 이미지가 얼마나 중요한지 아시죠?"

모 정치인은 과거에 부패한 정치인을 잡아들여서 개혁의 이미지를 가지고 있었다.

그러나 지금은 개혁의 이미지는커녕 과거에 잡아들인 그 부패한 정치인보다 더 부패한 정치인이 되었다.

그런데도 사람들은 아직도 과거의 그 이미지를 기억하고 있다.

"조직을 뒤집어서라도 부패한 세력을 몰아내고 거기에 새로운 피를 수혈하겠다, 얼마나 좋습니까? 그러면 최소한 국민들은 조정용 사장님이 그들과 한패라고 생각하지는 않을 겁니다.”

“으음…….”

조정용은 눈을 데굴데굴 굴렸다.

‘어쩌면 될지도 모르겠군.’

사람들이 잘 모르는 게 하나 있는데, 이런 낙하산을 보은 인사라고 하는 이유다.

사실 사람들은 그 보은 인사라는 것이 그에게 먹고살 만한 돈을 주기 위해 하는 거라고들 많이 생각한다.

하지만 정치한다고 깝죽거리는 사람들치고 먹는 걸로 고민하는 사람은 없다.

특히 윗선일수록 재산이 기본 수백억은 깔고 들어간다.

그럼에도 불구하고 그 보은 인사가 중요한 것은, 그들이 비밀리에 그 공사나 자기 휘하 직원들을 동원하여 알음알음 정치 공작을 하기 때문이다.

쉽게 말해서 만일 조정용이 정치에 나간다면 한국도로공사는 알게 모르게 정치 공작을 하면서 그를 도와줄 수 있는 뒷배가 되는 것이다.

‘당연히 그러기 위해 제일 중요한 것은 그 조직을 장악하는 거지.’

문제는 과거에 다른 사람들을 지지하던 사람들을 쳐 내고 조정용이 장악하는 게 쉬운 일이 아니라는 거다.

하지만 이번에 이야기를 조금만 바꾸면 아주 쉬운 문제가 된다. 비리가 있으니까.

그걸 핑계로 자르고 구상권까지 청구하면 그들은 완전히 파멸한다.

"이런 걸 도랑 치고 가재 잡는다고 하지요."

"으흐흐…… 큼큼큼."

자신도 모르게 웃던 조정용은 애써 웃음을 멈췄다.

그리고 노형진을 뚫어져라 바라보았다.

"자네의 말은 알겠네. 하지만 이 세상에 공짜는 없지. 단순히 합의하고 싶어서 그런 말을 하는 건가?"

노형진은 고개를 흔들었다.

'내가 미쳤냐?'

세상을 바꾸는 것도 중요하지만 자신의 돈도 중요하다.

지금까지 노형진이 이렇게 뛰어다닌 것은 사람을 구하는 것도 목적이지만 다른 목적도 있다.

친구가 도와 달라고 한 건 도와주는 거지만 거기에 자기 이익을 챙기지 말라는 부탁은 없었다.

"제가 만든 회사를 입찰시켜 주십시오."

"자네가 만든 회사를 입찰시켜 달라?"

"그렇습니다."

노형진은 나지막하게 말했다.

"이런 검은 커넥션은 뻔하죠. 다 아는 사람들끼리 하기 마련입니다."

"호오?"

노형진의 말에 조정용은 재미있다는 표정을 지었다.

"보통 이런 건 입찰을 받아도 자기들끼리 뭉쳐서 하지요."

그러니까 업체들끼리 입찰 대상을 분할하여 나눠 먹는 것이다.

그 과정에 공무원이나 공사 직원이 끼어드는 건 기본적인 거고 말이다.

"만일 구상권까지 들어가게 되면 그걸 시행한 업체도 그냥 넘어갈 수는 없는 노릇이지요."

"그렇지."

불법을 저지른 건 엄밀하게 말하면 공사 직원과 그 회사다.

소송 대상이 한국도로공사이긴 하지만 도로공사가 규정을 지키지 말라고 한 적이 없는 이상 그 책임은 그 회사가 물어야 한다.

"아마 대부분의 기업들은 파산할 겁니다."

그 정도 돈을 내놓을 수는 없으니까.

"아마 한국 도로의 포장 및 도색 업체들은 한순간 싹 날아가겠지요."

살아남는 곳은 거의 없을 것이다.

어마어마한 돈을 물어내야 할 테니까.

"더군다나 살아남는다고 해도 그들의 한계란 뻔하죠."

"뻔하다?"

"입찰 금지 규정이 있거든요."

막대한 돈을 어떻게 지불해서 살아남았다고 해도, 그러한 범죄로 인해 수익을 낸 기업들은 공기업의 공사에 몇 년 정도 입찰이 금지된다.

짧게는 몇 달, 길게는 몇 년이다.

설사 그게 끝날 때까지 버틴다고 해도 문제다.

그때는 사세가 확 줄어들었을 수밖에 없는 데다가 과거의 범죄 경력 때문에 입찰을 할 때 일단 마이너스 점수를 깔고 들어갈 수밖에 없다.

"결국 똑같은 조건에서는 그들은 입찰을 못 합니다."

막대한 핸디캡을 가지고 있으니까.

결국 단가를 낮춰서 끼어들어야 하는데, 현실적으로 단가가 떨어지면 또 똑같은 짓을 할 가능성이 높아진다.

"하지만 대표님이 아예 야간 휘도 측정 규정을 만들어 두면 그 짓도 못 하죠."

결국 그들은 파멸할 수밖에 없다.

"그리고 저는 대표님에게 적당한 대가를 지불할 용의가 있고요."

"흐음."

조정용의 눈에 빛이 돌았다.

틀린 말은 아니다.

노형진의 말대로라면 어차피 모든 사람을 그의 사람으로 바꿀 수 있다. 그리고 그들과 함께라면, 노형진의 회사를 우선 입찰 대상으로 하는 건 어려운 일이 아니다.

그의 말대로 지금까지 거래한 대부분의 기업들이 불법을 저지르지 않았다면 80% 이상의 도로가 규정 위반이라는 황당한 결과가 나올 수는 없을 테니까.

"머리 잘 쓰는군."

"저도 머리로 먹고사는 놈입니다."

한국도로공사에서 매년 도색이나 기타 도로 유지 관리 보수를 하는 데 들이는 돈은 수백억이다.

그 돈을 노형진이 다 먹을 수 있는 기회다.

"더불어 수많은 도로가 있지요."

지방 도로 쪽은 한국도로공사가 아니라 각 지방자치단체에 속한 국토관리청에서 한다.

"하지만 그쪽은 우리가 관리하지 않는데?"

"압니다. 하지만 공무원들의 생각은 뻔하지요. 복지부동. 그게 그들의 성향입니다."

그들은 절대로 위험한 일을 하지 않는다.

새로운 일을 계획하고 실행하는 공무원?

그런 사람은 진짜 백사자만큼이나 귀하다.

아예 없는 것 아니지만 거의 찾기 힘들다.

"이 일로 인해 한번 피바람이 부는 건 어쩔 수 없습니다. 관련자들은 모조리 모가지가 날아갈 겁니다."

그들에게 구상권이 청구될지 안 될지 그건 모르겠지만, 이것만은 확실하다.

"그러면 그다음에 온 사람들은 살벌한 분위기에서 일해야 하지요."

아차 하면 목이 날아가는 상황에서 그들은 극도로 몸을 사리기 시작한다.

당연히 그들은 도로 관리 업체들도 새로 뽑아야 한다.

기존 업체들은 망할 테니까.

"그리고 그런 상황에서 그들이 고를 곳은 어디일까요?"

뇌물 주는 곳? 아는 곳? 친한 곳?

전혀 아니다. 그 상황에서 그들이 고를 곳은 절대로 문제를 일으키지 않을 곳이다.

"공무원들은 절대 위험한 짓을 하지 않습니다."

그래서 전국에 둘레길이 그렇게 넘쳐 나고 벽화 골목이 그렇게 넘쳐 나는 것이다.

새로운 뭔가를 하기에는 두려워 남을 따라가니까.

"한국도로공사와 제휴해서 수십 건의 계약을 따낸 기업만큼 강력한 명함이 어디 있을까요?"

"우리를 그렇게 써먹겠다?"

"써먹는 게 아니죠. 그저 우리 실적을 이야기할 뿐입니다.

미래의 실적을요, 후후후."

한국도로공사와 계약을 할 정도면 작은 회사일 수가 없다.

당연하게도 믿을 만하고 안전한 곳이리라 생각할 것이다.

"믿을 만하고 안전하며 또 깔끔하죠."

아예 새로운 업체와 계약했다가 뭔가 틀어지면 온전히 자기 책임이지만, 노형진이 만든 곳과 계약했다가 일이 틀어지면 도로공사와도 거래하는 곳이라 믿었다는 변명이 가능하다.

작은 곳과 거래하면, 크고 실적도 있는 곳이 있는데 왜 작은 곳을 골랐느냐는 말이 나올 게 뻔하니까.

'한 해 도로 관리비가 몇천억이었지, 아마?'

노형진은 바보가 아니다.

기회가 왔는데 그걸 놓칠 생각은 전혀 없다.

물론 애초에 이걸 목적으로 시작한 건 아니지만 말이다.

'그리고 일을 적당하게 잘 시키면 되지.'

규정을 지켜 가면서 문제를 안 일으키면서 일 시키고 자신이 조금만 가지고 가면 된다.

그러면서 공무원들을 적절하게 관리한다면?

아마 그 회사는 최소 몇백억의 순수익을 노형진에게 꼬박꼬박 가져다줄 것이다.

"믿을 만한 곳이 있다는 것처럼 정치하기 편한 것도 없지요."

노형진은 실실 웃으며 말했고 조정용 역시 미소를 지었다.

이것이 법이다

–이번 사태에 대해 사장으로서 사과 말씀을 드립니다. 비록 제가 취임한 지 1년도 안 된 신임이라고 하지만 그 시간이라면 이러한 문제를 알았어야 한다는 책임감도 느끼고 있습니다. 이러한 범죄로 인한 피해는 적절한 논의를 거쳐서 그 배상액을 결정하도록 하겠습니다.

사람은 자기 잘못이 없다고 우기는 사람보다는 자기 잘못을 책임지겠다고 하는 사람에게 약해지는 부분이 있다.

물론 용서하는 것은 아니지만, 그래도 기회를 한 번은 더 준달까?

당연하게도 그러한 기회는 아군에게 부여된다.

–이번 사태는 수십 년간 이어진 직원들과 하청 회사들의 검은 커넥션으로 인한 것으로 알고 있습니다. 이에 저희 해당 직원들과 하청 회사들을 전원 고발하고 그들에게 구상권을 청구하도록 하겠습니다.

방송을 보던 유민택은 슬쩍 시선을 돌려서 노형진을 바라보았다.

"그래서, 이번에 한국 도로 관리 쪽을 완전히 집어삼키기로 했다며?"

"도로 관리는 생명이 걸린 문제입니다. 뇌물이나 주고받는 놈들이 하기에는 위험한 일이지요."

"거참, 지금 도로공사와 각 지자체가 얼마나 난리가 났는지 모르는 모양이군."

"제가 알아야 할 이유가 있나요?"

"그건 아니지."

유민택은 고개를 흔들었다.

노형진은 자기 이익 때문에 남의 목숨 가지고 장난치는 놈들을 좋은 게 좋은 거라고 봐주는 타입이 아니라는 걸 충분히 알고 있으니까.

"일단 회사는 만들어 놨습니다. 장비도 몇 개 구입해 놨고요."

"하지만 그 몇 개로 커버될까?"

"걱정하지 마십시오. 조만간 그러한 장비들이 어마어마하게 쏟아질 테니까."

"그게 무슨……. 아아, 그러겠군."

구상권 청구로 돈을 토해 내야 하는 회사들은 버틸 수가 없을 것이다.

안 주면 자신들의 장비들이 모조리 압류당하고 경매 절차에 들어갈 테니까.

"그리고 경매에 들어가면 가격은 터무니없이 낮아지지요."

더군다나 지금처럼 여러 개의 회사들이 한꺼번에 줄도산해서 매물이 쏟아져 나올 때는 더더욱 낮아진다.

"당연히 중고로 팔 겁니다."

물론 중고도 그 가격이 낮아질 수밖에 없다.

일단 그 사업에 진출하는 사람이 사야 하는데, 거기에 진출하려고 하는 사람이 많을 리 없기 때문이다.

장비 자체가 워낙 고가라서 그걸 사서 새로 뛰어들 사람들이 많지 않을 테니까.

더군다나 이렇게 살벌한 상황에서는 더더욱 사람들이 그걸 꺼릴 수밖에 없다.

"자네가 그걸 긁어모으겠군."

"그럴 생각입니다. 어차피 일은 넘칠 테고 경쟁자가 생기는 건 원하지 않으니까요."

도로공사 입찰 기록을 가지고 특혜를 얻는다?

물론 그것도 방법이다.

하지만 노형진이 대한민국에서 그 장비를 싹쓸이한다면?

다른 곳이 들어가고 싶어도 장비가 없어서 못 들어간다.

"결국 새로 사야 하는데 아시다시피 새로 사면 그 이익을 내야 하는 기준이 높아질 수밖에 없지요."

가령 도로포장 장비가 30억이라면, 중고로 판다면 잘해 봐야 10억 정도 나올 것이다.

그걸 사려고 하는 사람은 거의 없고 매물은 엄청나게 많을 테니까.

"확실히 그러겠군."

도로 관리 장비는 어마어마한 돈이 든다.

누군가는 그 회사들이 다 망했으니 기회라고 생각해서 뛰어들려고 할 수도 있다.

하지만 그들이 끼어들기 위해 장비를 사려고 할 때는 이미 노형진이 싹쓸이한 이후일 것이다.

"그런 걸 사려고 자금을 모을 때쯤이면 제가 다 사 놨을 테니까요."

도로 공사하는 데 들어가는 장비는 한두 개가 아니다.

가령 아스팔트를 까는 공사를 한다면, 기존 아스팔트를 걷어 내는 장비와 아스팔트를 옮기는 장비와 새 아스팔트를 까는 장비와 굳히는 롤러까지 필요하다.

장비 자체만 해도 투입되는 게 수백억이다.

"결국 끼고 싶으면 새것을 사야지요."

당연히 그게 나오는 동안 시간이 걸릴 테니 노형진 측은 그사이 계약을 싹 쓸어 올 수 있다.

누군가 그사이 새것을 사서 시장에 뛰어들었다 해도 문제다.

"그 장비가 비싸니까 그만큼 이익을 내기 위해서는 단가를 높여야 합니다."

같은 장비를 10억에 산 사람과 30억을 주고 산 사람이 국가에서 받을 수 있는 이익은 다를 수밖에 없다.

당연히 낙찰은 10억을 주고 산 사람이 받을 것이다.

장비 노후도 가지고 판단하는 공사가 아니니까.

"저는 그들보다 30% 이상 낮은 가격에 입찰할 수 있으니까요."

"최소한 10년은 대한민국 도로 보수공사는 자네가 싹 쓸어가겠군."

"그럴 겁니다."

그 장비들이 완전히 노후화되어서 도태된다면 모를까 절대로 평등한 싸움은 될 수가 없다.

"자네는 진짜 사업을 했어야 하는 사람이야, 허허허."

"뭐, 지금으로 만족합니다."

"그나저나 보험회사에서 감사의 인사를 전해 달라고 하더군."

"그래요?"

"그리고 좀 친하게 지내자고 하던데?"

노형진은 피식 웃었다.

그들이 노리는 게 뭔지 모르는 바가 아니다.

어차피 당분간은 이 소송을 자신들이 전담하기로 계약했으니까 친하게 지낼 수밖에 없다.

하지만 그들이 원하는 건 이 소송의 승패가 아니다.

어차피 합의로 끝날 일이 아니니까.

그들이 원하는 건 다음번에 보험회사를 상대로 살살 해 달라는 것이다.

결국 이번에는 같은 목적이 있지만 노형진이 그들과 함께 갈 수는 없기 때문이다.

"친하게 지내고 싶으면 먼저 위임하라고 하세요."

그들이 모든 사건을 새론에 위임하면 친하게 지낼 수밖에 없다.

물론 그들도 법무 팀이 있을 테니 그럴 리는 없겠지만.

"친하게 지내는 건 힘들겠군."

유민택은 보험회사의 노친네들에게 이걸 어떻게 이야기하나 속으로 생각하면서 씁쓸하게 미소 지었다.

이것이 법이다.

때로는 공포가 필요하다

유민택은 노형진을 불렀다. 그리고 의외의 말을 꺼냈다.

"학교를 하나 세울까 하네."

"네? 갑자기 학교라니요? 무슨 말씀이십니까?"

노형진은 어리둥절한 표정으로 말했다.

이미 대룡은 학교를 가지고 있다.

불우한 사정으로 인해 가출한 청소년들을 전학시키고 그들을 키워서 미래의 대룡의 사람으로 만드는 학교였다.

그곳을 졸업한 학생들은 대룡에 대한 충성도가 높았기에 믿을 만한 인재가 되었다.

"그곳에서 나오는 인재들이 마음에 안 드시나요? 그 애들 대상으로 암행어사 제도를 운영하고 계시잖아요?"

과거의 암행어사 제도를 본뜬 대룡의 암행어사 제도.

아래에서 벌어지는 부조리 대부분이 위에는 보고도 되지 않는 점을 해결하기 위해 애초에 입사할 때 암행어사를 선발해서 뽑는 것이다.

처음에는 인턴을 뽑아서 시행했지만 대부분의 부정부패가 인턴이 접근할 수 없는 정규직 업무에서 발생하면서, 아예 정규직으로 지속적으로 감시해야 한다는 문제가 생겼다.

그것도 배신하지 않을 것이 확실한 사람이 하는 감시 말이다.

대룡의 학교를 나온 아이들은 확실히 그런 면에서는 합격점이 높았다.

그래서 그 학교를 나온 사람들 중 적지 않은 수가 암행어사가 되어서 은밀하게 상관의 비리를 캐게 되었고, 그 결과 구조적으로 대룡은 비리가 발붙이기 힘들어져서 그 어느 때보다 빠르게 성장하고 있었다.

"아니, 그게 문제가 아닌 것 같아. 자네, 1년 전쯤에 생긴 학교 폭력 처리 지침 아나?"

"으음…… 그건 알지요. 그것 때문에 저희도 곤혹스럽습니다."

학교 폭력 처리 지침 제도. 원래 역사에서는 없던 일이다.

내용은 간단하다.

가벼운 학교 폭력의 경우는 형사처벌을 하지 않고 기소유예로 처벌을 멈추는 제도.

"그 개 같은 제도가 참 문제가 많지요."

학교 폭력이 제대로 해결되지 않자 노형진과 새론은 학교 폭력 사범에 대한 무차별적인 고소와 고발을 진행했다.

애초에 학교와 교육부는 그걸 해결할 의지 자체가 없었기 때문이다.

노형진이 고발할 정도면 나이만 어릴 뿐 사실상 거의 조폭 수준의 범죄자들이었기 때문에 처벌에는 문제가 없었다.

2년 전까지는 말이다.

"정부에서 학생의 미래를 구한다는 미명하에 만든 처리 지침이지요."

어린 나이에 범죄자가 되어 버리면 인생을 망치니까 기회를 더 주겠다는 건데…….

'말도 안 되는 개소리지.'

말이 학생 구제이지, 살인범이 너무 많으니 앞으로 살인을 처벌하지 않겠다는 소리와 마찬가지다.

"새론도 그것 때문에 고생이라고?"

"고발을 넣어 봐야 제대로 된 처벌이 이루어지지 않으니까요."

"민사소송도 있지 않나?"

"재판부 회의에서 일종의 담합을 했습니다."

"담합?"

"네, 소송을 막을 목적으로 말이지요."

학교 폭력에 대한 손해배상을 무조건 100만 원 이하로 규정하자는, 일종의 판사들끼리의 담합이 이루어졌다고 한다.

물론 이건 명백하게 불법이다.

하지만 판사들은 일하기 싫고 매일같이 몰려드는 학교 폭력 사건을 줄이고 싶어 했다.

당연하게도 이건 일종의 판사들의 이권이었고, 이권이 붙으면 눈깔이 돌아가는 게 판사들이었다.

"그래서 요 근래에 문제가 많았지요. 그건 저희 문제인 줄 알았는데 대룡에는 왜 문제가 생긴 겁니까?"

"학교 폭력 피해자들이 가출하는 일이 너무 많아졌네. 지금 학교의 3분의 2는 학교 폭력을 피해서 탈출한 피해자들이야."

"3분의 2나요?"

"불우한 애들이 매년 수천 명씩 나오는 건 아니잖나?"

"그건 그렇지요."

대룡 중고등학교의 경우 사회적으로, 가정적으로 제대로 지원을 받지 못하는 사람들을 대상으로 입학이나 전학이 이루어진다.

고아를 뜻하는 게 아니다.

학부모가 있지만 그들이 부모 역할을 할 수 없는 상황이거나 그들이 아동 학대범이거나 한 경우, 즉 부모와 떨어트려 놓는 게 아이의 미래에 도움이 되는 경우에 입학을 받아 준다.

"그런데 학교 폭력에 손대지 못하게 되자 우리 학교에 오기 위해 가출하는 애들이 많아졌네."

"네?"

노형진은 깜짝 놀랐다. 그런 줄은 몰랐으니까.

"나도 얼마 전까지는 몰랐네."

"하지만 왜……. 아니, 그럴 수밖에 없군요."

아무리 경찰에 신고해도 이제는 처벌이 안 된다.

그렇다고 학교에 읍소해도, 학교는 사건을 감출 생각만 하지 피해자들을 보호할 생각은 하지 않는다.

엄밀하게 말하면 학교 입장에서 보호 대상은 피해자가 아니라 가해자다.

"결국 방법이 가출뿐이라고 하더군."

"전학은요?"

"알지 않나?"

"하긴 그렇겠지요."

보통 가해 학생이 고발되면 학교에서는 징계나 전학을 결정한다.

문제는 여기서부터다.

정작 피해자가 신고한 건 가해자가 학생이라는 이유로 제대로 처벌이 이루어지지도 않는다.

그런데 가해 학생의 부모는 그 징계나 강제 전학 결정에 대해 소송을 건다.

'그리고 대부분 그 사건에서 학교가 가해 학생에게 지지.'

소송을 걸면 정학은 교내 봉사 수준으로 떨어지고 강제 전학은 취소된다.

그러면 학교에 남게 된 가해 학생은 또 피해 학생을 괴롭히는 것이다.

아니, 전보다 더 악질적으로 괴롭힌다. 보복이다.

자신을 신고한 것에 대한 복수 말이다.

"사람 한번 죽여 볼 만하다."

이것이 가해 학생이 피해 학생을 죽이고 한 말로, 그 가해 학생은 멀쩡하게 좋은 학교에 가서 캠퍼스 라이프를 즐겼다.

"자네가 말한 학생들을 이용한 함정도 결국 한두 번이지."

"그것도 그렇지요."

그건 사실 그 당시에 잠깐 쓴 거지 계속 쓸 수 있는 방법은 아니었다.

"뭔 놈의 나라가 일하기 싫다고 피해자보고 나가 죽으라고 하는 건지 원."

미국 같으면 이 정도 사건이 벌어지면 피해자를 보호함과 동시에 썩은 사과는 아예 박멸해 버린다.

그래서 미국은 학생이라고 해도 10년 이상 징역이 많다.

해당 행위가 잘못되었음을 알고 책임질 수 있는 능력이 있다고 판단되는 나이일 경우, 어리다 해도 무조건 무죄를 주지 않고 책임지게 하는 거다.

'한국 법체계의 잘못이지.'

상대방의 정신 능력은 생각도 안 하고 나이를 기준으로 무조건 처벌을 안 해 버리는 청소년 보호법의 폐해.

"어찌 되었건 그 보고를 받다가 들었는데 말이지, 가해 학생들을 전학시키지 못한다면 피해 학생들을 대피시키는 건 어떤가 해서 말이야."

"대피요?"

"그래. 절이 싫으면 중이 떠나야 하지 않겠는가?"

"흠……."

노형진은 턱을 문질렀다. 그건 생각해 보지 못한 문제였다.

'하지만 충분히 해 볼 만한 일이겠군.'

학교에서도 보호를 해 주지 않는 상황에서 그들이 스스로를 지킬 수 있는 방법은 없다.

물론 노형진에게 학교 폭력 문제를 해결할 생각이 없는 것은 아니다.

그러나 국가 단위에서 어떻게 해서든 사건을 은폐하려고 하는 상황이다. 말로야 학생 보호라고 하지만 현실적으로는 자기들이 일하기 싫은 것뿐이다.

"그러면 차라리 선량한 학생들을 구한다 이거군요."

"그렇지. 문제는 그 숫자야."

"숫자? 아아, 그렇지요. 가해자들이 멈출 리 없죠."

그들은 피해자를 특정해서 괴롭히지 않는다.

물론 그가 있을 때는 괴롭히지만, 그가 죽거나 떠나면 다른 타깃을 골라서 또 괴롭히기 시작한다.

한번 돈맛을 본 일진은 학생이 아니라 조폭이고 괴물이다.

물론 누군가는 갱생을 이야기할지도 모른다.

하지만 과연 그 갱생이 얼마나 될지도 의문이고, 갱생이 되었다고 해서 그가 피해자들에게 보상을 해 주는 것도 아니다.

"흠, 좋은 일이기는 한데요."

노형진은 유민택의 말을 듣다가 진지하게 말했다.

그는 변호사로서 유민택과 대룡의 이익을 최대한 챙길 의무가 있으니까.

"이번 사건 같은 경우는 딱히 뭐가 생길 만한 건 아닌 것 같습니다만?"

"자네가 그런 말을 하다니 의외군. 자네는 이런 선행 쪽에 관심이 많지 않았나?"

의아한 표정으로 물어보는 유민택.

노형진은 그런 그를 보면서 고개를 끄덕거렸다.

"맞습니다. 그런 쪽으로 관심이 많지요. 하지만 관심이 많다고 해서 손해만 볼 수는 없지요. 엄밀하게 말해서 새로운 학교를 만든다고 해서 대룡에 이득은 없습니다."

지난번 계획은 다 이익이 있기 때문에 한 것이다.

당장 가출 청소년들을 위한 학교 같은 경우는, 일단 장기적으로 믿을 만한 사람들을 대룡 차원에서 길러 낼 수 있을 뿐만 아니라 그들은 갈 곳이 없기 때문에 대룡의 공장이 위치한 지역에서 생활할 수밖에 없다.

결론적으로 특정 지역의 경제력은 대룡이 쥐고 흔들게 되는데, 그런 경우 그 지역에서의 대룡의 입지는 어마어마해진다.

당장 거대 기업들의 공장이 있는 곳들은 공장 사장이 부르면 시장도 바로 달려온다.

"하지만 이런 경우는 아닙니다. 일단 부모가 있으니까요."

여건상 기숙사 제도를 운영할 수밖에 없다.

그런데 학생들은 졸업과 동시에 그곳을 떠나서 부모에게 돌아갈 것이다.

더군다나 대학을 가는 경우에는 아예 뿔뿔이 흩어진다.

대룡 중고등학교 같은 경우는 스스로가 금전적 제한이 있기 때문에 다른 곳으로 가지 못하고 고등학교 졸업 이후에 바로 취업하는 걸 생각하면 한계가 있다.

"더군다나 그들이 대룡 중고등학교처럼 철저한 대룡맨이 될 가능성은 없고요."

대룡맨이라고 해서 무조건 뛰어난 능력을 가진 것은 아니다.

그러나 그들이 있으면 윗사람들을 감시할 수 있어서 큰 도움이 된다.

능력 있는 사람들은 특성상 위로 올라갈 가능성이 높은데, 감시하는 시선이 많을수록 뻘짓을 못 하니까.

"하지만 그들은 아닐 텐데요. 물론 개개인의 능력은 모르지만."

"전학을 가게 해 준 정도로는 고마움을 느끼지 못할 거라는 말인가?"

"맞습니다. 갈 곳이 없어서 길바닥에서 자는 가출 청소년들과는 상황이 좀 다르죠."

사실 원한다면 대부분의 학교 폭력 피해 학생들은 전학이 가능하다.

문제는 집 주변으로 옮기는 경우, 일진들은 서로 연락망을 갖고 있기 때문에 결국 다른 학교에 가서도 그 일진들에게 괴롭힘을 당한다는 것이다.

그리고 또 다른 문제가 있는데, 그것은 바로 부모의 존재다.

부모들은 생업에 종사해야 하니 그 제약 때문에 다른 지역으로 이사하는 것이 쉽지 않다.

"거의 대부분의 학생들이 대학을 갈 테니 충성이니 뭐니 하는 건 의미가 없을 테고요."

"그건 그렇지. 하지만 우리 목적은 홍보니까."

유민택은 고개를 끄덕거렸다. 노형진의 말이 맞으니까.

이번 계획은 사실 실질적으로 대룡에 큰 도움이 되는 것은 아니다.

"홍보 효과를 노린다면 현실적으로 아주 강하지는 않을 거라 생각합니다."

"그런가? 하지만 지금까지는 잘 먹히지 않았나?"

기본적으로 좋은 일을 한다고 홍보하는 행위는 사람들에게 그 주체에 대한 긍정적인 인상을 심어 준다.

대룡 역시 그러한 홍보를 많이 했기에 세간에 좋은 기업 중 하나로 인식되고 있다.

하지만 그 행위가 상당히 누적될 경우 되레 부정적인 효과를 낳기도 한다.

쉽게 말해서 이런 거다.

나쁜 짓을 아흔아홉 번 한 사람이 착한 일을 한 번 하면 너한테 이런 면이 있느냐면서 사람들이 놀라지만, 반대로 착한 일을 아흔아홉 번 한 사람이 나쁜 일을 한 번 하면 천하의 개쌍놈 취급을 받는 것이다.

"그리고 대룡은 아흔아홉 개의 착한 일을 한 기업입니다."

실수를 하는 것도 부담스러운 데다가 이번에 좋은 일을 한다고 해서 국민들이 딱히 대룡을 더 좋게 보게 되는 효과는 없다.

"아마 대부분은 당연하다고 받아들일 겁니다."

"좋은 일 해서 홍보하는 시점은 끝났다는 건가?"

"그렇습니다. 현실적으로 봐야 합니다, 회장님."

물론 좋은 일을 하는 것은 칭찬받아야 마땅하다.

하지만 어느 순간 그게 당연시되고 의무화된다면 그건 생각해 봐야 하는 일이다.

대룡은 기업이고, 수익을 위해 움직이는 조직이니까.

"그런가."

유민택은 살짝 눈을 찡그렸다.

홍보 목적으로 생각했는데 의외로 효과가 없다면 하는 것도 부담스럽기 때문이다.

"아무리 지방에 학교를 만든다고 해도 그 공사비는 절대 작지 않을 겁니다. 아니, 그건 어떻게 낸다고 해도, 피해자들을 모아 둔 이상 상담 치료는 기본으로 가야 합니다."

"흠……."

노형진의 말에 유민택은 곤란한 표정이 되었다.

"아래에서 올라온 계획인데 좀 무리가 있나 보군."

"이런 말씀 드리긴 죄송합니다만, 거의 제 계획의 복제나 마찬가지 아닙니까?"

"그건 그렇지."

복제된 계획이다.

아예 새로운 것도 아니고, 과거에 있던 걸 살짝 바꾼 수준이다.

"그런 상황이라면 홍보 자체도 그다지 효과가 없을 겁니다."

"끄응……."

유민택은 아무래도 곤란한 표정이 되었다.

노형진은 그걸 보면서 고개를 갸웃했다.

"갑자기 그런 식으로 홍보라니, 무슨 안 좋은 일이라도 있습니까?"

"그게 말이야, 우리 기업에 대해 안 좋은 소리가 자꾸 돌아서 말이지."

"안 좋은 소리요?"

"그래. 좋은 게 좋은 거라고 유하게 처리하다 보니 조금만 실수를 해도 안 좋은 소문이 돌더군. 사실 우리 평가가 상당히 애매해."

"그것 때문에 홍보를 하려고 하신 겁니까?"

"그러네. 이래 봬도 우리는 좋은 이미지로 먹고사는 기업이 아닌가?"

노형진은 머리를 부여잡았다.

물론 좋은 이미지도 좋다.

하지만 이런 식으로 계속 착한 홍보만 하는 것은 아무래도 한계가 있다.

"물론 피해자들을 돕는다는 계획은 좋습니다. 절이 싫으면 중이 떠나야지요."

일진들을 보호하는 학교라면 떠나야 한다.

하지만 그건 피해자들의 문제다.

엄밀하게 말하면, 같이 살면 좋지만 대룡이라는 기업을 기준으로 판단한다면 그건 완전히 틀린 방법이었다.

"개인적으로 말씀드린다면 현재 대룡은 좋은 이미지가 너무 강합니다. 물론 그게 이익을 가지고 오는 것은 부정할 수 없습니다. 하지만 반대로 그 위험성도 너무 높지요."

만일 여기서 대룡이, 아니 대룡의 직원 중 고위직 한 명이라도 아차 하는 순간 어마어마한 역풍이 일어날 것이다.

"애초에 암행어사 제도를 만든 이유가 그것 때문 아닙니까?"

"그건 그렇지."

지금은 21세기다. 사원 하나가 병신 짓을 해도 회사의 주가에 영향을 미친다.

얼마 전 모 회사에 다니는 커플이 술에 취해서 택시 운전기사를 폭행한 사건이 벌어졌을 때 그 회사의 주가가 떨어졌다.

큰 타격은 아니었지만 모든 것이 밀접하게 연결되어 있고 정보 공유가 쉽게 가능한 21세기에 마냥 착한 이미지를 유지하는 것은 위험부담이 클 수밖에 없다.

"그렇다고 나쁜 짓을 할 수는 없지 않나? 자네 말대로 대룡에서 나쁜 짓을 하면 그 역풍은 어마어마할 걸세."

아마 대룡의 라이벌인 회사들이 사력을 다해서 대룡을 물어뜯으려고 할 것이다.

대룡의 좋은 이미지 때문에 자기 시장을 빼앗기고 있었을 테니까.

"그러니까 문제인데요."

노형진은 고민에 빠져서 머리를 긁적거렸다.

'분위기를 좀 바꾸기는 해야 해. 착하기만 해 봤자 완전 호구밖에 안 된단 말이지.'

실제로 대룡에 도움을 요청하는 사람들은 많다.

하지만 아무리 대룡이라고 해도 그들을 다 도와줄 수는 없다. 더군다나 자기 스스로 자기 무덤을 판 경우는 더더욱 말이다.

'하지만 그 인간들이 뻔뻔한 경우가 어디 한두 번이야?'

그들은 대룡이 도움을 거절한 것에 앙심을 품고 대룡에 대한 허위 사실을 유포하고 거짓을 외치고 다닌다.

물론 그때마다 대룡에서 삭제하고 있기는 하지만 말이다.

문제는 아무리 삭제가 빨라도 그들이 올린 게시 글이 퍼지는 것보다는 느리다는 것이다.

그렇다고 그 인간들이 인터넷을 아예 못 하게 할 수도 없는 노릇이다.

'어찌 되었건 대룡의 이미지가 너무 호구 이미지가 되어 가고 있어.'

착한 것과 호구는 다르다. 대룡은 지나치게 착한 이미지만을 지켜 온 탓에 도리어 사람들의 시선에 묶여 움직이지 못하게 된 것이다.

'아무래도 대룡의 이미지를 한번 바꿀 때가 되기는 한 것 같군.'

좋은 일로 대룡의 이미지를 개선하기는 했지만 그렇다고 해서 그걸 계속 유지하는 것은 한계가 있다.

지금 유민택이 말한 것도 그렇다.

결국 좋은 이미지를 만들 수는 있겠지만 현 상황에는 크게 도움이 안 된다.

'가난은 나라님도 구제 못 한다고 하는데.'

뭔 일만 나면 대룡에 도와 달라고 손 벌리는 사람들.

진짜 도움이 필요한 사람도 있지만, 심지어 자신의 빚을 갚기 위해 손을 벌리는 사람도 있었다.

"계획 자체는 나쁜 게 아닌데……."

턱을 문지르며 생각에 잠겼던 노형진의 눈이 문득 반달로 살짝 휘었다.

"그 계획을 그대로 진행하되 나쁜 쪽으로 하면 어떨까요?"

"그게 무슨 말인가? 나쁜 쪽으로 한다니? 자네 스스로 말하지 않았나? 대룡은 조금만 나쁜 일을 해도 역풍이 엄청날 거라고."

"그렇기는 하지요. 하지만 호구가 호구인 이유가 있지요."

"어떤 거지?"

"호구는 보복하지 않습니다."

한국에서 대기업들에 덤비는 사람들은 별로 없다.

대기업이 자기를 죽이려고 하는 경우 자기방어는 할지언정 선빵을 치는 경우는 없다.

"그건 그들이 보복을 하기 때문이지요."

"그건 그렇지."

대기업이 보복을 하겠다고 덤비면 그는 한국에서 살 수가 없으니까.

"하지만 대룡은 어떤가요? 제가 듣기로는 말도 안 되는 헛소리를 지껄이는 놈들이 꽤 많은 것 같던데요."

"그건 그래. 법적으로 고발하고 있기는 하지만 말이야."

"대룡이 착해지면서 대기업으로서의 공포감이 줄어든 게 원인입니다. 과거의 어떤 대통령처럼 말이지요."

유민택은 쓴웃음을 지었다.

과거 사람의 선함을 믿고 정치 보복을 절대 하지 않던 어떤 대통령이 있었다.

그런데 그가 맞이한 결과가 뭐였던가?

일개 평검사가 방송에서 대놓고 대통령에게 삿대질을 할 정도로 권한이 무너졌다.

"구하는 건 좋지만 보복이 주가 되어야 한다고 생각합니다."

"보복이 주가 되어야 한다?"

"그렇습니다."

노형진은 고개를 끄덕거렸다.

"하지만 뜬금없이 무슨 보복을 한단 말인가? 무조건 네가 마음에 안 들어, 그러면서 죽인단 말인가?"

"아니요. 제게 좋은 생각이 있습니다."

노형진은 눈을 반짝였다.

"대룡은 대기업이지요. 그리고 많은 사람이 있습니다. 그렇다면 그 안에 학교 폭력의 피해자가 한두 명이라도 있을 수밖에 없지요."

관련이 없다면 모를까, 관련이 있다면 상황은 달라질 것이다.

"대룡의 보복이 얼마나 무서운지 세상에 이야기할 때입니다, 후후후."

⚖️

노형진은 회귀 이전에 본 사건이 기억났다.

중간 규모의 기업이 하나 있었다.

그런데 그 회사에 다니는 직원의 아들이 학교에서 심각한 왕따를 당했다.

'그리고 그 사장이 미친 짓을 했지.'

상식적으로 말하면 그건 그 집 문제이고 그 회사의 문제가 아니다. 당연히 그 회사 사장이 나설 문제가 아니었다.

하지만 사장은 다르게 생각한 모양이었다.

그 사장은 조폭을 동원해서 가해 학생을 두들겨 팼다.

그 결과 그는 형사처벌을 받았지만, 세간에서 회사의 이미지는 매우 긍정적으로 변했다. 인지도도 높아졌고 말이다.

만일 그걸 노리고 나선 거였다면 그 사장은 천재가 분명했다.

"대룡의 사람을 건드리면 죽는다는 이미지가 필요합니다."

대룡의 문제는 새론의 중요 사건으로 취급된다.

당연히 주요 멤버들이 모여서 회의를 했다.

"죽는다고? 아니, 대룡에는 위험한 이미지 체인지 아닌가? 착한 이미지를 벗어나는 건데?"

"착한 이미지를 벗어나자는 게 아닙니다. 대룡의 강력한 힘을 보여 줌으로써 공포를 다시 일으키자는 겁니다. 사실 대룡은 힘을 가지고 있지만 시선 때문에 너무 웅크리고 있습니다."

"그건 그렇지만요."

무태식도 고개를 끄덕거렸다.

다른 대기업들은 부장급에게라도 누가 반말이라도 하면 그를 죽이겠다고 기업이 덤빈다.

하지만 대룡은 너무 약한 모습에, 갑질을 하는 놈들이 자기 주제도 모르고 대룡을 대상으로 갑질을 시도한다.

"과거 대룡의 상담사 사건을 생각해 보십시오. 그 사건 이후에 대룡 상담사들의 업무 강도가 급격히 낮아졌습니다. 퇴직률도 낮아졌구요. 왜 그랬겠습니까?"

"공포군."

전화 상담사는 아주 힘든 직업 중 하나다.

손님은 왕이라는 말 때문에 저쪽에서 성희롱 발언에 욕에 별별 헛소리를 해도 저항하지 못했다.

하지만 노형진은 대룡을 통해 그들을 따로 분리해서 대대적으로 소송을 걸었다.

그러자 그 미친놈들이 다른 곳으로 떠나서, 대룡의 전화 상담사들은 아주 쾌적한 환경에서 일하고 있었다.

"하지만 그 보복을 어떻게 한단 말인가? 대기업의 보복이라는 것은 위험한 행동일세."

김성식 변호사는 노형진의 말에 우려 섞인 표정으로 말을 꺼냈다.

"대룡에서 업무 관련해서 자기 말을 안 듣는다는 이유로 보복하면 그건 바로 역풍으로 몰려올 거야."

"그래서 저는 보복의 대상을 다른 쪽으로 삼으려고 합니다."

"다른 쪽?"

"네. 보복이라고 하면 보통 나쁜 이미지이지요. 하지만 보복 상대가 더 나쁜 이미지를 가지고 있다면 어떨까요?"

"노이즈 마케팅을 하자는 건가?"

"그렇습니다."

나쁜 놈과 나쁜 놈이 싸우면 사람들은 더 나쁜 놈을 욕하기 마련이다.

"하지만 그런 곳이 있나? 설사 있다고 해도, 대룡 정도가 나서서 싸울 만한 문제가 있나?"

"있습니다."

노형진은 고개를 끄덕거렸다.

그러고는 미리 준비한 서류를 모두에게 돌렸다.

"대룡전자에 다니는 직원인 박지숙이라는 분의 아들인 여문진이라는 아이입니다."

"여문진? 성이 다른 걸 보니 박지숙이라는 분이 어머니인가 보군."

"네."

노형진은 고개를 끄덕거렸다.

"박지숙 씨는 현재 공장에서 청소 업무를 하는 분입니다. 정확하게 말하면 비정규직입니다."

"비정규직?"

"그렇습니다."

아무리 대룡이라고 해도 비정규직을 아예 없앨 수는 없다.

모조리 정규직으로 대체해 버리면 물건의 가격이 오를 수밖에 없는데, 그건 경쟁력의 문제니까.

아무리 이미지가 좋다고 해도 가격이 비슷할 때나 착한 기업의 것을 사지, 가격 차이가 너무 심하면 선택의 여지는 없다.

"아시다시피 대룡은 상담소를 운영합니다."

"그건 알고 있네."

"그곳의 상담 내용입니다."

여문진은 학교에서 왕따를 당하는 학생이었다.

그 사실을 안 부모가 학교를 찾아갔지만 학교에서는 문제를 해결할 생각이 없었다.

"사건 자체도 박지숙 씨의 지갑에서 여문진이 도둑질을 하다가 터진 겁니다."

그리고 여문진이 돈을 도둑질한 이유는 일진에게 상납하기 위해서였다. 돈을 주지 않으면 폭행을 일삼았기 때문이다.

"이 사건 기록에 따르면 사건을 알고 박지숙 씨가 여러모로 고생을 많이 했습니다."

첫 번째로 한 게 학교를 찾아간 것이다.

당연하게도 학교는 좋은 게 좋은 거라는 태도로 일관했다.

어린 학생들끼리 싸울 수도 있는 거 아니냐는 말도 안 되는 변명으로 일관했고, 결국 화해가 실패하자 박지숙은 정식으로 학교폭력위원회를 열 것을 요구했다.

"그리고 그 자리에서 정학 3주가 결정되었지요."

심각할 정도의 집단 구타와 폭력. 그리고 메신저를 통한 사이버 왕따와 욕설, 거기에다 여문진에게서 빼앗은 돈이 대략 300만 원 정도인 점을 감안하면 터무니없이 낮은 처벌이었다.

"그런데 피해자들 쪽에서 소송을 걸었다고 하더군요."

"뭐, 이제는 당연한 일 아닙니까?"

무태식은 어깨를 으쓱하며 말했다.

심지어 어떤 부모는 교내 자원봉사도 소송을 걸어서 없애려고 하기도 한다.

이유는 간단하다. 과거와 다르게 학교 폭력 내용이 생기부에 기재되기 때문이다.

그렇다 보니 아이러니하게도 피해자가 거는 소송보다 가해자가 거는 학교 폭력 소송이 더 많은 것이 현실이다.

"거기서 학교 측이 졌습니다. 애초에 대부분의 학교가 이길 생각조차도 하지 않으니까 당연한 거지만요."

사람들은 학교 폭력 사건이 법원에 가면 왜 처벌이 약해지는지 모른다.

그저 재판부가 실상을 몰라서 그런다고 생각한다.

"현실적으로는 그렇지."

사건을 은폐하려고 하는 학교에서는 가능하면 처벌을 낮추려고 한다.

그러니 저쪽에서 소송을 들어오면 당연히 어떠한 대항도 하지 않는다.

심지어 변호사도 쓰지 않는다. 관련 증거도 내놓지 않는다.

"그러니 줄어들지 않을 수가 없지요."

피해자들의 부모 때문에 어쩔 수 없이 징계가 들어갔다며 가해자들의 부모에게 소송을 권하는 경우까지 있다.

그래야 학교 측의 치부를 감출 수 있기 때문이다.

하지만 그 사실을 모르는 사람들은 자꾸 애꿎은 재판부만 욕하는 것이다.

그리고 학교는 판사의 판결이라 어쩔 수 없다고 가해자를 봐주고 말이다.

"정학 3주는 그 이후에 학교 내 자원봉사 1주로 대체되었습니다."

말이 학교 내 자원봉사지, 청소나 시켜 놓고 적당히 시간이나 때우게 하면 끝이다.

"그 이후에는 안 봐도 뻔하군."

"네, 여문진 학생에 대한 학교 폭력이 더 심해졌습니다. 전에는 최소한 티 안 나게 때렸는데 이제는 아주 대놓고 때린다고 하더군요."

"고발은 안 했답니까?"

무태식은 고개를 갸웃했다.

티가 안 난다면 모를까 티가 나면 경찰에 고발하는 게 최고다.

"했답니다. 하지만 학교 폭력 처벌에 관한 처리 지침 때문에 집행유예로 끝났다고 하더군요."

"끙…… 그놈의 처리 지침이 정말 문제야, 문제."

법률적으로 말도 안 되는 규정이지만 검사들은 그걸 인정한다. 일하기 싫으니까.

"원래 그런 식으로 처리하라는 규정이 아니지 않나요?"

"그렇지요. 뭐든 규정은 상황을 좋은 방향으로 개선하려고 하는 겁니다. 그걸 악용하는 건 인간이지요."

분명 처리 지침에는 '그 혐의가 경미하고 갱생의 여지가 있으면 기소를 유예한다.'라고 되어 있다.

현실적으로 그 혐의의 경중과 갱생의 여지를 판단하는 건 일해야 하는 검사다.

그런데 그가 일을 안 하면 당연히 그런 자료가 만들어지지 않으니 혐의가 경미하게 보일 수밖에 없다.

"그래서 기소유예라는 거군."

"네."

"이런 경우는 대비책이 재정신청뿐인데 말이지."

김성식은 답이 없다는 듯 말했다.

재정신청이라는 것은 이런 식으로 검사가 불기소 처리를 하는 경우 피해자가 정식으로 재판부에 '이건 불기소 건이 아니니 재판을 해 주십시오.'라고 하는 것이다.

이런 경우는 정식으로 공소가 제기된 것으로 봐서 처벌이 진행되어야 한다. 한 가지 문제만 빼면 말이다.

"하지만 이미 해 보지 않았습니까?"

"그건 그렇지요."

재정신청이라는 제도를 새론과 노형진이 몰라서 못 써먹는 게 아니다.

이 재정신청의 가장 큰 문제점은 검사가 공소한 것과 다르게 기각되는 경우에 그 소송비용을 재정신청을 한 피해자가 내도록 되어 있다는 것이다.

단순히 인지대만이 아니다.

상대방이 변호사를 고용한 경우 그 비용까지 내도록 되어 있다.

그런데 재정신청을 하는 사건들은 대부분 작은 것들이다 보니 재정신청의 기각 비율은 생각보다 높다.

"더군다나 재판부에서 이런 사건을 하기 싫어서 무차별적으로 기각하고 있지 않습니까?"

그렇다 보니 가해자는 멀쩡한데 피해자가 가해자에게 돈을 줘야 하는 황당한 상황이 벌어진다.

하지만 그러한 문제로 새론도 어쩌지 못하고 있는 것이 현실이다.

"하지만 대룡이 끼면 달라지지요."

"달라진다?"

"네. 미친놈 전략을 쓸 생각입니다."

"미친놈 전략이라니?"

"세상에서 제일 상대하기 힘든 놈이 누굽니까? 바로 미친놈입니다."

그 전략을 잘 쓰는 곳은 다름 아닌 북한이다.

어디로 튈 줄 모르는 미친놈이다 보니 건드리기도 힘들다. 그렇다고 그냥 두자니 그것도 위험하다.

아주 골치 아픈 전략이다.

"대룡이 미쳐서 날뛰기 시작하면 과연 누가 말릴 수 있겠습니까?"

그걸 진정시킬 수 있는 건 기껏해야 정치권 정도일 것이다. 하지만 고작 학교 폭력 가해자들 때문에 정치권이 나설까?

애초에 그러는 순간 그 정치인은 정치하기 싫다는 소리다.

대룡이 그냥 넘어가지도 않을 게 뻔하거니와, 사람들 눈에 그는 학교 폭력 가해자의 옹호자로 보일 테니까.

"그리고 우리의 대상은 기본적으로 가해자입니다."

즉, 대룡에 미친놈이라는 이미지가 생기거나 과하다는 이미지가 생길 수는 있을지언정 대룡에 역풍이 불 정도로 심각한 문제는 생기지 않는다.

"적절한 선을 지키는 게 중요하겠군."

김성식의 말에 노형진이 씩 웃었다.

"적절한 선요? 미친놈에게 선 따위는 없습니다."

"응? 그게 무슨 말인가?"

"미친놈이 왜 미친놈인지 이제 보시게 될 겁니다, 후후후."

대룡이 미쳐 날뛰고 있습니다

　노형진의 조언에 따라 유민택, 아니 대룡은 박지숙에게 이번 사건에 대해 양해를 구하지 않았다.

　박지숙에게 양해를 구하는 순간 미친놈이라는 이미지가 사라지니까.

　당연히 대룡의 기자회견은 세상에 어마어마한 폭풍을 불러왔다.

　-얼마 전 대룡에서 일하는 분의 가족에 대한 학교 폭력 사태가 벌어졌습니다. 조사 결과 해당 사건은 제대로 처리되지 않고 은폐된 것으로 드러났습니다. 비록 그분이 대룡에 속하지 않고 파견직으로 일하는 비정규직이라고 하지만 같은 곳에서 일하고 같은 곳에서 밥

을 먹는 가족임은 틀림없습니다. 당연히 그분의 가족은 우리 대룡의 가족입니다. 저희는 이 문제를 그냥 넘어갈 수가 없습니다. 이에 대룡은 저희가 할 수 있는 수단을 총동원해서 보복을 하겠습니다.

―보복이라고 하셨습니까?

―그렇습니다. 보복입니다.

―아니, 지금 이거 대룡에서 협박하는 거 아닙니까?

공식 석상에서 보복이라는 말은 입에 담을 만한 단어가 아니다.

그런데 난데없이 보복 운운하는 대룡을 보고 기자들은 아연실색했다.

지금까지 대룡은 유하게 일을 처리했지 강하게 처리한 적이 없기 때문이다.

―이렇게 공개적으로 보복을 언급하시다니, 그게 무슨 말입니까? 그건 불법 아닌가요?

―불법은 저쪽에서 먼저 저질렀습니다. 저희가 거기에 맞춰서 계속 두들겨 맞을 수는 없지요.

―그러면 신고를 한다거나…….

―누차 말씀드렸습니다만 학교와 정부에서 제대로 일을 처리하지 않았습니다.

기자회견을 하는 담당자는 담담하게 말했다.

―웃는 것도 좋습니다. 하지만 자기 사람을 지키지 못하면 책임자로서의 가치가 없는 거라고 저희는 생각하고 있습니다. 보복은 분명 불법입니다. 그러나 저희에게는 그 처벌을 감수할 수 있는 능력이 있습니다. 벌금요? 몇천만 원 벌금을 내는 것을 저희가 무서워할 것 같습니까? 보복으로 신고하라고 하세요. 벌금을 기꺼이 내드리겠습니다. 정부 세수가 부족하다고 하던데, 정부에 기부한 셈 치겠습니다.

―그렇다면 그 말은 위법도 불사한다는……?

―애초에 보복은 위법입니다. 저희 가족을 건드린 자에 대해 처벌만 할 수 있다면 뇌물이든 성 상납이든 조폭이든 다 동원하겠습니다.

난데없이 이루어진 대룡의 보복 발언에 기자들이 다급하게 글을 쓰고 있을 때 TV로 기자회견을 같이 보던 유민택은 고개를 갸웃했다.

"그런데 왜 하필 비정규직을 대상으로 고른 건가? 정규직 쪽에서도 이런 비슷한 사건은 많은데."

워낙 직원이 많다 보니 학교 폭력 피해자 가족이 한두 명이 아니다.

그런데 어째서인지 노형진은 비정규직을 골라서 보복을 준비하고 있다.

"비정규직을 당장 없앨 수는 없습니다. 그리고 비정규직의 가장 큰 문제는 소속감입니다."

"그렇기는 하지."

"비정규직이지만 대룡에서 자기를 지키기 위해 칼을 빼 들었다, 그러면 다른 비정규직이 뭐라고 하겠습니까?"

"대우받고 있다고 생각하겠군."

비정규직의 문제는 단순히 월급이 아니다. 소속이 다르기 때문에 서로 거리감을 가진다는 것이다.

하지만 지금처럼 대룡이 나서서 그들을 지킨다면?

거리감은 줄어들 테고, 어찌 되었건 대룡이 우리를 지켜 준다고 생각할 것이다.

"그게 대룡에 나쁘게 작용할 리는 없지요."

"그건 그렇지. 자네 말이 맞군. 대룡에서 비정규직도 대우한다는 소문이 나겠어."

"그렇다고 효과가 약한 것도 아닙니다."

비정규직도 이 정도로 미쳐 날뛰는데 정규직을 건드리면 어떤 일이 벌어질지, 아마 사람들은 겁먹을 것이다.

"아마 대룡을 호구로 보고 헛소리하던 놈들은 지금쯤 이게 뭔 일인가 하는 생각을 하고 있을 겁니다."

노형진은 피식 웃으며 말했다.

"하지만 대놓고 법을 안 지키겠다니 저거 위험한 발언 아닌가?"

유민택은 걱정스럽게 말했다.

"위험하지요. 그래서 꼭 해야 하는 겁니다. 우리가 보복을 하기 시작하면 끝장을 본다는 이미지를 만들어야 하니까요."

"하지만 법을 지키지 않겠다니, 상대방이 아무리 범법자라고 하지만……."

"'범법자라고 하지만'이 아닙니다. 학교 폭력은 영혼을 말려 죽이는 범죄입니다. 모두에게 착할 수는 없습니다. 적으로 분류되면 확실하게 말려 죽인다는 걸 보여 줘야 합니다."

"흠……."

유민택은 걱정스러운 표정이 되었지만 더 이상 이야기하지는 않았다.

그런다고 해서 이미 벌어진 일을 바꿀 수는 없으니까.

"그런데 어떤 식으로 보복을 할 생각인가? 일단 가해자들에게 소송을 걸 생각인가?"

"그럴 리가요. 이건 소송을 할 수 없습니다."

일사부재리의 원칙에 따라 그들을 합법적으로 처벌할 수 있는 기회는 이미 날아갔다.

당연하게도 형사적 방식은 선택할 수 없다.

"그래서 불법적이라는 말까지 한 겁니다."

"불법적이라……. 그러면 어디부터 시작할 건가?"

"당연히 학교지요."

사건을 은폐한 곳은 학교다. 가해자를 위해 모든 걸 감춘 건 그들이다.

"다른 곳부터 시작하면 우리의 목적이 흐려질 수도 있습니다. 하지만 가해자를 보호하는 학교에서부터 시작하면 됩니다."

"선생님들을 고발하겠다는 건가? 그게 쉬울까?"

"그건 힘들죠."

만일 학교에서 학교폭력위원회를 열지 않았다면 그들을 업무상 배임으로 고발할 수 있다.

하지만 그들은 고소하지 말라고 설득했을 뿐 배임을 한 건 아니기 때문에 그걸로 고소하는 것은 불가능하다.

"회장님은 학교의 주인이 누구라고 생각하십니까?"

"응? 그게 무슨 말이야? 뭐, 학생이다 그런 건가?"

"그럴 리가요."

노형진은 피식 웃었다.

애교심을 키우기 위해 학교의 주인은 학생이라는 말을 하기는 하지만, 실질적으로 학교의 주인은 학생이 아니다.

"그러면 교장?"

"교장은 그냥 월급쟁이죠."

물론 돈 많이 받는 월급쟁이다.

"그러면 누구인가?"

"학교의 주인은 이사장이지요."

물론 공립학교라면 국가가 주인이겠지만, 이번 사건의 대상은 사립학교다.

"학교의 주인은 이사장입니다. 간단하게 생각하십시오.

사실상 학교는 기업처럼 운영됩니다. 당연하게도 이사장이 학교의 주인입니다."

좀 독하게 말하면 학교의 명예 따위, 선생님에게는 그다지 관심 없다. 어차피 월급쟁이고, 학교의 특성상 일이 터진다고 해서 잘리는 경우는 별로 없으니까.

다만 이런 학교 폭력으로 인해 구설수에 휘말리는 경우 이사장이나 이사진이 불편하기 때문에 대부분 알아서 기는 것이다.

"다른 사람 같으면 학교 이사진에게 보복하지는 못하겠지요. 하지만 대룡이라면? 이야기가 달라집니다."

"하지만 엄밀하게 말하면 법적으로 이사회는 아무런 책임도 없지 않나?"

"법적으로는 없지요. 도의적으로는 몰라도."

노형진은 어깨를 으쓱했다.

"하지만 애초에 말하지 않았습니까? 우린 법 안 지킨다고요, 후후후."

⚖

수중고등학교 이사회는 난리가 났다.

대룡에서 보복을 천명했을 때만 해도 대상이 누군지는 모르지만 인생 좆되었다고 피식거리면서 웃었는데, 그 대상이 바로 자신들이었기 때문이다.

"뭐라고? 은행에서 연락이 왔어?"

"그렇습니다. 대룡에서 사람이 왔다 갔답니다."

이사장인 오혁오는 등골이 오싹했다.

이 상황에서 뜬금없이 자신들에 대해 대룡이 알아볼 이유는 없다.

결과적으로 그들이 천명한 대상이 바로 자기 학교 학생이라는 소리다.

"이거 뭐야? 어떻게 된 거야? 지금 이게 어떤 상황인 거야? 어, 어?"

"그게…… 저희가 조사한 바에 따르면 대룡에 다니는 부모님을 모시고 있는 학생은 없는 것으로…….'"

"뭐? 그런데 왜 그러는 거야? 대룡 부모가 없는데 왜 그러는 건데?"

"그…… 기자회견 보니까 비정규직으로 대룡에 다닌다고…….'"

그 말인즉슨, 기록에 따르면 다니는 회사 이름이 다른 이름으로 되어 있다는 소리다.

당연하게도 그런 경우라면 그들의 상황은 제대로 꼬인 거다.

"이런 망할!"

오혁오는 '쾅!' 하고 테이블을 내려쳤다.

사실 대한민국에서 비정규직의 비율은 압도적이다.

막말로 비정규직이 정규직의 세 배가 넘어가는 게 현실이다.

그런데 그중에서 어떤 사람이 대룡에 다니는지 어떻게 안단 말인가?

"그래서 뭐라고 하던가?"

"그냥 우리 쪽 자금 사정에 대해 알고 싶다고 했답니다."

"자금 사정?"

"네."

오혁오는 등골이 오싹했다.

이건 명백하게 자신들을 말려 죽이려고 하는 행동이기 때문이다.

"아니, 우리가 뭘 그리 잘못했다고……."

그제야 오혁오는 자신의 잘못을 후회했지만 그렇다고 해서 문제가 해결될 수 있는 것도 아니었다.

그가 아무리 노력한다고 한들 대룡을 이길 수는 없으니까.

"어떻게 해서든 해결책을 찾아야 합니다. 어떻게 해서든."

⚖️

"얼마나 원합니까?"

"네?"

오혁오가 그렇게 몰려올 일에 대한 두려움에 벌벌 떨고 있을 때, 대룡에서 나온 사람은 지방법원장을 만나고 있었다.

"그게 무슨 말씀입니까?"

법원장은 당황했다.

물론 그가 뇌물을 절대 받지 않는 것은 아니다.

하지만 그렇다고 해도 이렇게 대놓고 물어보는 사람은 없었다.

혹시나 녹음기가 있을까 해서 모른 척했지만 그 사람은 간단하게 말했다.

"녹음기는 없습니다. 만일 녹음기가 있다면 그에 따른 배상금을 드리지요."

"그건……."

대룡의 심부름꾼이 그렇게까지 말하는데 뭐라고 따지지도 못하고 법원장은 눈을 데굴데굴 굴렸다.

물론 일개 사원이 지방법원장에게 이런 고압적인 행동을 한다는 것 자체가 정상적인 상황은 아니다.

하지만 그가 대룡의 위임을, 그것도 전권위임을 받고 왔다면 이야기가 달라진다.

안 그래도 대룡에서 한 발표에 모두의 시선이 쏠려 있는 판국이다.

"저는 무슨 소리 하는지 모르겠습니다."

"간단하게 말하겠습니다. 저희가 원하는 건 이번 사건 관련 주동자와 이 사건을 처리하고 조사한 검사와 경찰, 그리고 가해자들에 대한 최고 형량입니다."

"최…… 최고 형량요?"

"그렇습니다."

"하지만 그건……."

"어차피 그 사건을 판결한 판사와 검사 그리고 경찰을 모조리 고발할 겁니다. 그들에게 최고 형량을 요구합니다."

"그건 명백하게 사법권에 대한 도전입니다. 아무리 대룡이라고 해도 말입니다."

말도 안 되는 요구 조건에 법원장은 발끈했다.

"10억. 그 정도면 되겠습니까?"

"뭐라고요?"

"10억 말입니다. 10억. 부족하신가요? 그럼 20억이면 되겠습니까?"

"미…… 미친……."

아무리 판사에게 뇌물로 판결을 사는 판국이라고 하지만 이건 금액이 너무 어마어마하다.

"어떻게 하시겠습니다. 20억 받고 관련자 전원에 대한 최고 형량을 내리시겠습니까?"

"아니요. 그건 불가합니다."

법원장은 떨리는 목소리로 말했다.

"그래요? 알겠습니다."

심부름꾼은 어깨를 으쓱하며 일어났다.

"그렇다면 바로 법무장관에게 가야지요."

"버…… 법무부 장관님한테 간다고요?"

"네. 그분이라면 충분히 이 사건에 대해 잘 아실 거라 생각합니다만."

그는 등골이 오싹해졌다.

진짜로 법무부 장관에게 간다면 위에서 압력이 내려올 게 뻔하기 때문이다.

하지만 그다음 말에, 그대로 얼어붙을 수밖에 없었다.

"빨리 결정해 주시지요. 저희도 이번 사태에 관련해서 은폐하려고 하는 모든 사람에 대한 처벌을 내릴 생각이거든요. 지위 고하를 막론하고 말입니다."

"지위 고하를 막론하고요?"

법원장은 바보가 아니다.

바보라면 법원장의 자리까지 갈 수가 없다.

그리고 자신을 바라보는 눈빛에서, 법원장은 그 지위 고하를 막론한다는 게 무슨 의미인지 알아차렸다.

'설마, 나까지? 하지만 내가 그 재판에 대해 아는 것도 아닌데?'

그 사건에 대해 그가 무슨 청탁을 받은 것도 아니다.

그렇다고 담당 판사가 뇌물을 받은 것도 아니다.

그저 학교가 적극적으로 대응하지 않았고, 그 때문에 정해진 규칙상 처벌을 약화시킬 수밖에 없었던 것뿐이다.

'그런데 왜 우리한테 이러는 거야?'

곰곰이 생각하던 법원장은 소름이 돋았다.

미쳐 버린 대룡의 입장에서는, 어쩌면 그 역시 그러한 사건 은폐의 주범으로 보일 수도 있기 때문이다.

"20억이 적나요? 더 드릴까요? 30억? 이번에 보니까 이번 사건과 관련된 사람이 대략 서른 명쯤 되는 것 같은데 그들의 인생을 박살 내는 걸 생각하면 뭐, 싸게 먹히는 것 같네요."

"아니, 갑자기 왜 이러십니까?"

"갑자기가 아닙니다. 대룡에서 이미 말하지 않았습니까? 걸어온 싸움은 피하지 않겠다고 말입니다. 잠자는 사자의 코털을 건드려, 아니, 잠자는 사자의 발톱을 뽑아 놓고는 이제 와서 왜 그러냐고요? 저희는 걸어온 싸움에 제대로 대항하는 겁니다."

심부름꾼은 그렇게 말하면서 차분하게 짐을 챙겼다.

"받을 생각이 있으면 여기로 연락 주십시오. 단, 최고 형량이 나오지 않을 경우 그 책임은 져야 할 겁니다."

"그…… 그건…….."

"아, 혹시나 섣불리 입 나불거릴 거면 일찌감치 옷 벗고 낙향하시기 바랍니다. 무슨 뜻인지 아시죠?"

심부름꾼의 말에 법원장은 눈만 데굴데굴 굴릴 수밖에 없었다.

"돈을 안 받는다고?"

"네, 받을 수가 없지요. 대룡에서 불법적으로 보복을 하겠다고 했습니다. 당연히 갑자기 그 사건에서 터무니없는 형량이 나오면 뇌물 받은 것으로 의심받을 테니까요."

노형진은 피식 웃으며 말했다.

"사실 뇌물 공여죄는 미수범도 처벌합니다. 설사 상대방이 받지 않는다고 해도 신고를 하면 대룡은 처벌을 면할 수가 없지요."

"그렇지."

"문제는 대룡에 떨어질 처벌이 결국 최대 벌금이라는 거죠."

아무리 법원이 날고뛴다 해도 그걸로 유민택을 처벌할 수는 없다.

거기에다 불법을 감수하겠다고 한 건 유민택이 아니라 대룡이다.

"회사를 감방에 넣을 수는 없는 노릇이니 처벌은 결국 벌금이지요. 문제는 그 이후지만요."

만일 그들이 신고해서 대룡이 처벌을 받았다고 치자.

과연 대룡이 그대로 있을까?

지금 대룡은 겉으로 보기에는 말 그대로 폭주하는 기관차다. 브레이크도 없고 운전대도 없다.

그냥 상대방의 파멸을 위해 미친 듯이 달려갈 뿐이다.

"더군다나 이 상황에서 사회정의는 이쪽에 있습니다."

벌금을 내더라도, 처벌을 받더라도 사회적으로 잘못된 걸 고치겠다는 발언은 대한민국에 어마어마한 파란을 가지고 왔다.

"지금까지 대룡을 물렁하게 보던 사람들에게는 두려운 일이지요. 더군다나 지금 상황에서 섣불리 올바른 양심 운운하면서 대룡에 진정하라고 하면, 까딱 잘못하면 자기 스스로가 학교 폭력의 가해자를 옹호하는 꼴이 되거든요."

"하긴 확실히 그렇더군. 생각보다 반향이 작아."

지금 대룡의 행동이 지극히 비정상적인 것임에도 불구하고 의외로 국민들은 대룡을 욕하지 않았다.

"오랜 시간 학교 폭력이 너무나 많은 피해를 만들어 냈기 때문이지요."

자기 사람을 지키겠다고 대룡이 칼을 빼 들었으니 지켜보는 대부분의 사람들 입장에서는 부러워하면 부러워했지 대룡이 하는 행동을 욕하는 사람은 별로 없었다.

"몇몇 좀 과하다는 사람이 있기는 하지만……."

"국민들의 일반 정서에 비하면 상당히 거리가 있을 겁니다. 안티히어로는 자신에게 피해가 오기 전까지는 지지의 대상이거든요."

지금 대룡이 딱 안티히어로의 위치였다.

법이고 뭐고 대놓고 지키지 않고 악을 처단하겠다고 하니 사람들이 환호를 하는 거다.

"하지만 지금까지 대룡을 만만하게 대해서 밉보였던 사람들 입장에서는 아마 등줄기가 서늘할 겁니다."

실제로 도움 요청을 거절당했다는 이유로 대룡에 대해 안 좋은 이야기를 하던 사람들은 한순간 사라졌다.

그들은 서둘러서 자신이 썼던 내용을 삭제하고 잠수 타 버렸다.

"물론 이미 채증이 되어 있겠지만요."

"지금 고소를 넣으라는 건가?"

"당연히 넣어야지요. 지금 대룡은 미쳐 날뛰고 있습니다."

누군가 골라서 봐줄 이유가 없다.

"그러니 판사는 고발을 못 합니다. 마지막에 법무부 장관까지 들먹이라고 한 게 그거 때문이니까요."

만일 판사가 그걸 고발하면 대룡이 법무부 장관에게까지 뇌물을 줬다는 걸 까는 셈이고, 그러면 판사의 커리어는 끝장일 테니까.

"물론 그건 뻥카지요. 하지만 아주 효과가 좋은 뻥카일 겁니다."

장관에게 전화해서 뇌물 받았냐고 물어볼 수는 없을 테니까.

"하지만 그들이 보기에 대룡은 지금 장관급 인맥까지 동원해서 상대방을 말려 죽이려는 것일 겁니다."

노형진은 실실 웃으며 말했다.

"이번 작전의 핵심은 공포죠. 우리의 실제 행동은 중요하지 않습니다. 그들이 우리가 그렇게 행동할 거라고 믿는 게 중요합니다."

그리고 학교 측 이사장도, 법원 측도 지금 대룡에서 자신들을 말려 죽일 거라고 생각하고 있다.

"물론 우리가 한 건 하나도 없지만요."

한 거라고는 고작 사람 두 명 보낸 것뿐이다.

하지만 그것만으로도 대룡이 미쳐 버렸다는 이미지를 만드는 데는 충분했다.

"이제 남은 건 세 번째 미친 짓입니다."

"세 번째 미친 짓?"

"그렇습니다."

노형진은 눈을 반짝였다.

"공장, 옮겨야지요."

⚖

"이게 무슨 말이야?"

공장이 있는 곳은 상당히 발전된 도시였다.

그럴 수밖에 없는 게, 대룡전자는 한때 성화전자였고 성화가 몰락하면서 대룡이 집어삼켰기 때문이다.

그렇다 보니 도시 자체가 구조적으로 대룡전자에 종속되는 형태가 될 수밖에 없었다.

주민들이 대룡에서 일하고, 대룡전자에 납품하는 납품 업자들이 주변에 수두룩하다.

식당은 대룡에서 일하는 사람들에게 음식을 팔고, 세금은 대룡에서 내고 있다.

그런 곳에서 가장 두려운 것은 다름 아닌 공장의 이전이다.

"고…… 공장을 이전한다고?"

어느 순간 공장 바깥에서 돌기 시작한 소문.

회사 내부에서 돌던 소문이 바깥으로 새어 나간 것이다.

"농담이지? 아니, 무슨 공장을 그렇게 쉽게 이전해?"

식당 주인은 친한 공장 직원에게 다그치듯 물었다.

하지만 공장 직원은 심각한 표정이었다.

"농담 아니야. 지금 전국으로 실사 팀을 파견하고 있어. 조만간 공장을 이전할 모양이야."

"아니, 왜?"

"전해 들은 바로는 대룡에서 깡패 새끼들을 보호하는 도시에 자기들이 버는 돈 주고 싶지 않다고 했다던데."

"깡패 새끼들?"

식당의 사장은 멍한 표정이 되었다.

깡패 새끼라고 하니 생각나는 게 있었기 때문이다.

"그러니까 그 일진인지 나부랭이인지 하는 새끼들 때문에 공장까지 **뺀**다고?"

"지금 농담 아니야. 회장이 진짜 빡쳤나 봐. 더군다나 원래 대룡전자 공장이 하나 더 있잖아. 거기로 오라고 읍소 중이래."

"대룡전자 공장?"

원래 대룡전자는 따로 있었다.

지금의 규모가 된 것은 성화전자를 흡수한 덕분이기에 본래는 훨씬 작은 곳이었다.

그래서 본래 공장도 훨씬 작았는데, 그만큼 낙후된 시골에 있었기에 거기로 이전할 거라는 생각은 못 했다.

'아니지……. 거기도 많이 커지지 않았나?'

이쪽에서 노조가 뻘짓하는 바람에 그쪽 규모를 키운 건 널리 알려진 사실이다.

물론 현실적으로 거기로 옮기는 것은 불가능하다. 워낙 돈이 많이 들기 때문이다.

하지만 중요한 건 그게 아니다.

그곳이 얼마나 준비되었는지 이곳 주민들은 모르고, 진짜로 옮긴다면 이 지역의 경제는 말 그대로 작살난다는 것이다.

"이거 헛소문이지?"

"헛소문 아니라니까! 우리 부장이 실사 팀으로 뽑혀서 지금 전국을 돌고 있어."

"이런 미친 새끼들! 도대체 일이 어떻게 되어 가는 거야?"

"그러니까! 아, 씨발! 내가 돈 다 털어서 집 샀는데."

공장 직원은 여기서 평생을 일했기에 여기에다가 집을 샀다.

그런데 만일 대룡전자가 나가 버리면 집값이 똥값이 되어 버린다.

하지만 그건 중요한 게 아니다.

만일 그렇게 되면 그는 공장을 따라 그 지역으로 가든가 그만둬야 하는데, 당장 그만두기에는 갚아야 하는 돈이 너무 많았다.

당연히 지방의 작은 단칸방에서 혼자 살면서 일해야 한다.

"이런 미친 새끼들 때문에 이게 뭔 일이야."

그 둘의 이야기는 주변 사람들에게 퍼져 갔고, 사람들의 얼굴은 점점 어두워져 갔다.

⚖️

"저기, 사장님 좀 뵈러 왔습니다."

시장은 입술이 바짝바짝 타는 듯했다.

그럴 수밖에 없다. 바로 몇 시간 전 대룡전자에서 충격적인 이야기를 전해 왔기 때문이다.

바로 회사의 주소를 옮기는 것이다.

회사의 주소 자체를 옮기는 것은 쉬운 일이다. 그냥 신고만 하면 되니까.

하지만 전 주소지 입장에서는 미치고 팔짝 뛸 일이다.

그럴 수밖에 없는 게, 현행법상 법인세는 지역 세금이기 때문이다.

즉, 그 세금을 내는 곳은 주소지라는 건데, 작은 지역 기업이라면 모를까 대룡전자쯤 되는 곳이 내는 돈은 이 지역의 세금의 상당 부분을 차지한다.

그런데 대룡에서 연락이 왔다, 주소를 옮기겠다고.

당연히 시장은 이후 일정이고 나발이고 다 때려치우고 사장을 만나러 올 수밖에 없었다.

"들어가세요."

잠깐 통화를 한 비서가 문을 열어 주자 시장은 사장실 안으로 들어갔다.

공장 사장은 곤혹스러운 표정을 짓고 있었다.

"시장님 오셨습니까?"

"아니, 사장님! 이게 무슨 일입니까? 갑자기 주소를 옮기겠다니요?"

"저기 그게, 본사 차원에서 내려온 지침입니다."

"본사 차원에서 내려온 지침요?"

"네, 깡패 새끼들을, 크흠, 크흠…… 노동자 보호를 위해서라도 안전한 곳으로 옮기는 게 좋겠다고……."

"아니, 그게 무슨 말씀이십니까? 물론 일부 질이 안 좋은 아이들이 있기는 하지만 그렇다고 주소를 옮기겠다니……."

어떻게 설득하려고 왔던 시장은 도리어 어마어마한 충격에 정신이 혼미해질 수밖에 없었다.

"시장님, 그런데 그걸로 끝이 아닙니다. 주소를 옮긴 다음 공장도 옮긴다고 합니다."

"네? 공장도요?"

"네, 지금 이미 본사에서 나온 실사 팀이 자리를 알아보고 있습니다."

시장은 입이 쩍 벌어졌다.

청천벽력이라는 말이 지금 상황에 딱 맞아떨어졌다.

"사장님, 농담이시지요? 아니, 그런 이유 때문에 갑자기 공장을 옮긴다는 게 말이나 됩니까?"

일반적인 상황에서는 말도 안 되는 개소리다.

하지만 미친놈에게는 안 통한다.

"회장님이 직접 내린 명령입니다. 당장 가지는 않겠지만, 자리가 구해지면 옮기랍니다."

자리를 구하고 나면 그곳에 공장을 짓고 준비하는 데 3년은 걸린다.

따라서 당장은 아니더라도 결국 확정되는 순간 도시는 몰락 수순을 밟을 수밖에 없다.

"아니, 사장님! 제발 설득 좀 해 주십시오! 이러다 우리 다 망합니다! 대룡전자가 빠지면 이 지역이 어떻게 되겠습니까?"

"저도 가능하면 여기서 운영하고 싶습니다만 상부의 의견이 워낙 단호합니다. 제가 어떻게 할 수 있는 수준이 아닙니다."

"아이고, 사장님! 제발 어떻게 한 번만 막아 주십시오! 아니, 한 번만! 한 번만 회장님과 자리를 마련해 주십시오!"

"거참. 저도 결국 월급쟁이 사장입니다."

사장은 안쓰러운 표정으로 시장을 바라보며 말했다.

물론 그는 이 모든 게 쇼라는 걸 안다.

－우리도 호구 취급에서 벗어나야지.

서울 본사에 갔을 때 유민택이 그에게 한 말이다.

사실 대룡이 넉넉한 방식으로 운영한 것 때문에 호구 취급 받는 것은 그도 익히 알고 있는 사실이었다.

그에 대해 그도 불만이 많았기 때문에, 이번 기회에 아주 혼쭐을 내 줄 생각이었다.

'네가 언제까지고 상전일 줄 알았냐?'

눈앞에 있는 시장도 그렇다.

지금이야 벌벌 떨고 있지만 평소에는 시에 뭔 일만 있으면 부르고 찬조비를 아주 당연한 권리인 양 요구하던 사람이었다.

물론 언제나 지역사회를 위해서라는 명목을 대기는 했지만, 그중 일부는 그의 주머니로 들어가는 걸 사장이 모를 리 없었다.

"죄송합니다. 저희도 회장님을 말릴 수가 없네요. 후우."

땅이 꺼져라 한숨을 쉬는 사장의 말에 시장은 하늘이 무너지는 기분이었다.

⚖

소문이라는 것은 아주 빠르게 퍼지기 마련이다.

대룡이 그들을 처벌하기 위해 장관에게 로비한다는 소문.

그리고 그들 때문에 공장이 옮겨 간다는 소문.

그 소문 때문에 지역사회는 극도로 흔들리고 있었다.

"자네가 미다스로서 했던 방식과 비슷하군."

"비슷한 게 아니라 똑같은 거죠."

노형진은 어깨를 으쓱하며 말했다.

"물론 그때는 외부의 세력이지만 이번에는 내부의 세력이라는 게 다른 것뿐입니다."

"그때는 진짜 돈을 들이지 않았나? 하지만 우리는 지금까지 돈이 거의 안 들어갔는데 말이지, 허허허."

그냥 허허거리는, 착하기만 한 기업. 그게 대룡의 이미지였다.

그러나 상황이 바뀌었다.

착한 사람이 한번 화가 나면 무섭다는 말처럼, 기업으로서는 도무지 이해가 안 되는 행동을 하기 시작한 것이다.

그런데 그렇게 국민들의 눈에 비치는 이미지를 바꾸는 데 들어간 돈은 약간의 출장비가 다였다.

"원래 좋은 쪽으로 바꾸려고 하면 돈이 어마어마하게 들지만 나쁜 쪽으로 하려면 별로 안 들지요."

이것이 법이다

물론 진짜로 나쁜 놈이 되면 안 된다는 까다로운 조건이 붙어서 문제지만 말이다.

"어찌 되었건 이제 미친놈 전략의 마지막 피크를 찍을 때입니다."

"어떤 거지?"

"미친놈이라서 그 지역을 작살내려고 덤비는데 정작 가해자는 놔두면 이상하지 않습니까?"

"하긴 그렇기는 하지."

노형진의 말에 유민택은 고개를 끄덕거렸다.

"하지만 고발하자니 형사처벌은 불가능하다며?"

"제가 언제 처벌한다고 했습니까?"

노형진은 어깨를 으쓱했다.

"우리는 고발 안 합니다. 그냥 사람만 보낼 뿐이지요, 후후후."

⚖️

가해자들의 부모는 총 네 명으로, 모두 같은 회사의 직원이었다.

그 회사에 찾아온 노형진 때문에 사장은 땀을 삘삘 흘리고 있었다. 그럴 수밖에 없는 게, 그 회사는 대룡 전자의 하청 회사니까.

당연히 미쳐 버린 대룡의 소문은 그의 입술을 바짝바짝 마르게 하고 있었다.

"저기, 무슨 말 좀……."

노형진은 조용히 사장을 바라보았다.

"무슨 말을 할까요?"

"네?"

"아니, 무슨 말이라도 해 보라면서요?"

"그건……."

"그러고 보니 이 말 아십니까?"

사장은 진땀을 흘렸다. 드디어 본론이 나올 거라 생각했기 때문이다.

하지만 노형진의 입에서 나온 건 그런 게 아니었다.

"베를린에 가면 음식을 조심해야 한답니다."

"네?"

뜬금없는 말.

노형진은 그런 그를 보며 다음 말을 꺼냈다.

"독일 수도라서요, 하하하."

"네? 네? 하……하……하……하……."

말도 안 되는 아재 개그이지만 그는 힘겹게 웃을 수밖에 없었다.

안 그래도 이 지역이 대룡 때문에 공포에 떨고 있는데 와서 한다는 말이 고작 썰렁 개그 하나라니.

"아이고, 이런! 시간이 벌써 이렇게 되었네요. 전 이만 가 보겠습니다."

"네? 그냥 가신다고요?"

"뭐, 할 말 다 했으니 가야지요."

'아니, 긴히 할 말이 고작 아재 개그 하나야?'

온갖 살벌한 분위기는 다 만들어 놓고 그냥 가 버린 노형진 때문에 사장은 길게 한숨이 나왔다.

'젠장.'

노형진이 나간 후에 그는 짜증스럽게 비서를 불렀다.

"당장 그 새끼들 불러와!"

"네? 누구요?"

"지금 몰라서 물어!"

비서는 깜짝 놀라서 허둥지둥 바깥으로 나갔다.

잠시 후 들어온 두 사람은 쭈뼛거리면서 사장의 눈치를 봤다.

"두 명 어디 갔어요?"

"아, 그게…… 둘 다 급하게 휴가를…….."

"이것들이 진짜!"

사장은 이를 박박 갈았다. 보아하니 상황이 안 좋아지자 잠수 탈 생각으로 도망간 것 같았다.

"두 사람, 내가 무슨 말을 할 것 같아요?"

"사…… 사장님, 제발…… 한 번만…… 한 번만 봐주십시오."

"지금 봐 달라는 말이 나와요?"

그들이 이 회사에 있다는 이유 하나만으로 벌써 대룡에서 세 번째 사람이 왔다.

물론 그들은 아무런 말도 하지 않았지만, 그 존재 자체만으로도 압박이 될 수밖에 없다.

"우리같이 작은 회사가 어떻게 할 수 없는 일입니다. 내일부터 두 사람 다 안 나와도 좋아요. 아, 그 두 사람한테도 전해 줘요. 그 휴가 영원히 즐기라고. 아주 푹 쉬라고."

두 사람은 당장 사장에게 매달렸다.

"사장님…… 제발 부탁드립니다. 저희가 애들을 따끔하게 혼내겠습니다. 제발 한 번만…… 한 번만……."

"한 번만이고 뭐고, 지금 이러다 우리가 다 죽게 생겼어요! 죽으려면 제발 혼자 죽어요, 제발!"

물론 그들이 뭔가를 한 적은 없다.

하지만 대룡에서 왔다 갔다는 이유 하나만으로 주변의 거래처들이 하나씩 떨어져 나가고 있었다.

정작 대룡 자체는 남아 있었지만, 언제 떨어질지 시험해 보고 싶은 생각은 전혀 없는 사장이었다.

"부당 해고로 고소를 하고 싶다면 하고, 소송을 하고 싶다면 해요. 뭐든 해도 좋으니까 내일부터 나오지만 말아요."

이미 마음을 굳힌 사장의 말에 두 사람은 허망한 표정으로 천장을 바라볼 뿐이었다.

"이미지가 적절한 위치에 온 것 같네요."

착하기는 하지만 건드리면 죽는다는 이미지.

노형진이 원한 이미지가 딱 그런 거였다.

그리고 현재 대룡의 이미지가 딱 그랬다.

한번 미쳐 날뛰기 시작하자 브레이크가 걸리지 않는 상황.

"적절한 위치?"

"네. 더 이상 진행하면 도리어 역풍이 불 수도 있습니다."

어찌 되었건 저쪽이 먼저 잘못하기는 했지만 이쪽의 대응은 과하다 못해서 말 그대로 미친놈 수준이다.

정작 일어난 일은 아무것도 없지만 지금까지 진행된 상황만으로도 그 지역의 주민들은 공포와 걱정에 잠을 이루지 못하고 있을 가능성이 높다.

주민뿐만이 아니다. 이 사건의 당사자들은 사실상 그 지역에서 사는 게 불가능해졌다.

"그 정도면 어쩔 수 없이 먼 지역으로 이사를 가야 할 겁니다."

"그러겠지."

그렇다면 학교 폭력에 대한 처벌은 제대로 이루어진 셈이다.

말 몇 마디로 벌어진 장난 같은 상황이지만 말이다.

"지금 가해자들은 최선을 다해서 빌고 있습니다. 피해자에게도 용서를 구하고 있고, 매일같이 본사에 와서 빌고 있습니다. 애석하게도 한국 국민들은 용서라는 걸 너무 쉽게 해 주거든요. 더군다나 남의 일에 대해서는 말입니다."

정작 피해자는 용서하지 못하고 있는데 용서해 주라고, 이만하면 충분하지 않느냐고 용서를 강제하는 성향이 있는 게 대한민국 국민이다.

"만일 여기서 용서를 하지 않으면 도리어 이쪽이 불리해집니다. 더군다나 대룡은 엄밀하게 말하면 학교 폭력에는 전혀 상관없는 제삼자 아닙니까?"

"그건 그렇지. 자네 계획이 잘 먹혀들었지만 말이야."

사람들에게서 호구 취급받던 대룡이었다.

하지만 미친 짓 한 번에 대룡을 대상으로 허튼짓을 하던 놈들은 싹 사라졌다.

더군다나 노형진의 계획대로 비정규직의 충성도가 높아졌다.

비록 비정규직이지만, 위험할 때 회사에서 자신들을 도와줄 거란 믿음이 생긴 것이다.

"그러니 이제는 용서를 해 줘야 할 시점입니다."

"하지만 어떻게? 이제 와서 흐지부지 끝내면 의미가 없을 것 같네만."

"이럴 때는 공범을 만들면 됩니다."

"공범?"

"네, 용서의 여부를 국민들에게 묻는 거죠."

"인터넷 투표를 하란 말인가?"

"네."

노형진은 고개를 끄덕거렸다.

"그렇게 함으로써 국민들이 용서하는 형태를 만드는 겁니다."

"국민들에게는 아무런 권한도 없네만? 우리와 마찬가지로 말이야."

"압니다. 하지만 중요한 건 그게 아니죠."

국민들이 용서해 주고 그걸 대룡이 받아들였다는 것 자체가 중요한 거다. 쉽게 말해서 공범이 되는 거다.

"피해자에 대한 치료비는 당연히 민사소송을 통해 따로 받아 내야겠지만요. 아마 우리가 난리를 한번 쳐 놨으니 재판부에서도 터무니없는 가격으로 후려치지는 못할 겁니다."

"하지만 과연 용서하자는 쪽으로 결판이 날까?"

"나도록 만들면 됩니다."

"나도록 만들어?"

"네. 그들로 인해 발생한 피해에 대한 글을 인터넷에 올리면요."

"박지숙과 여문진 말인가?"

"아니요. 그 공장 사람들에게 발생한 피해 말입니다."

투표를 하기 전에는 자기 입장을 말할 시간이 있어야 한다.

그런데 여기서 문제는, 박지숙과 여문진이 거기에서 발언할 생각이 없을 거라는 거다.

애초에 그들의 동의도 없이 벌어진 일이었고, 피해자라곤 하지만 그들도 일이 더 커져서 얼굴이 팔리는 것은 원하지 않을 테니까.

"하지만 가해자 쪽, 아니 아니, 그 지역 주민들은 다급하겠지요."

인터넷을 통해 어떻게 해서든 사람들을 설득하고 입장을 발표하고 난리를 칠 것이다.

"아마 그 지역에서 적극적으로 투표에 참가하게 될 겁니다. 그리고 그 투표는 유료로 해야 합니다."

"유료로?"

"네. 학교 폭력 피해자 구제에 들어가는 돈으로 취급해야지요."

그렇게 되면 장난삼아서 투표하는 사람들은 거의 참가하지 않게 될 것이다.

하지만 그 지역 사람들은 어떻게 해서든 이겨야 하니 자기들이 돈을 내 가면서 투표를 할 테고, 그러면 당연히 압도적인 비율로 여론이 용서하는 쪽으로 기울 것이다.

"가해자들은 어쩔 수 없이 그 지역을 떠날 테지만, 그 지경을 만들어 놓고서 다른 곳에서도 뻘짓을 하지는 못할 겁니다."

"우리는 슬쩍 발을 빼고 말이지?"

"네. 물론 피해자들에게는 그에 상응하는 정신적 치료비를 기부받을 수 있는 기회가 될 겁니다."

유민택은 혀를 끌끌 찼다.

노형진은 아예 마지막까지 모조리 준비해 놨으니까.

"그러면 이제 모든 건 끝난 건가?"

"일단 대룡의 문제는 끝났지요."

"대룡의 문제?"

"네."

노형진은 어깨를 으쓱하며 말했다.

"대룡의 이미지가 딱 적당하게 만들어졌습니다. 착하기는 하지만 건들면 미쳐 날뛴다는 형태로. 그러니 헛짓거리하는 놈들은 사라졌겠지요."

"그러면 다른 문제가 있다는 건가?"

노형진은 고개를 끄덕거렸다.

"대룡의 가족이 아니면 보호받지 못할 테니까요."

"아……."

한국은 넓고 학교 폭력의 가해자들은 넘쳐 난다.

대룡과 조금이라도 관련이 있는 아이들은 이제 안전해졌지만, 대한민국의 대부분의 아이들은 전혀 관련이 없다.

"형사도 민사도 그 아이들의 보호를 포기한다고 해도, 저는 포기하지 않았으니까요. 전 어떻게 해서든 방법을 찾을 겁니다, 꼭."

노형진은 눈을 빛내며 말했다.

"그게 변호사니까요."

새로운 자리에서의 재판

손채림이 내미는 종이를 보고 노형진은 눈을 찌푸렸다.

그녀에게 온 편지. 그건 노형진도 생각 못 한 일이었다.

"장난인가?"

"장난은 아닌 것 같은데?"

실실 웃는 손채림.

"법원에서 장난치겠어?"

"장난이 아니라고, 이게?"

손채림에게 온 편지.

그건 다름 아닌 법원에서 날아온, 국민 참여 재판에 참가
하라는 통지였다.

쉽게 말해서 배심원을 하라는 소리다.

"가려고?"

"재미있을 것 같지 않아?"

손채림은 눈을 초롱초롱 빛냈다.

자신이 큰일을 한다는 그런 느낌이라고 할까?

"뭐, 딱히 큰일이 아니기는 한데."

노형진은 입맛을 다셨다.

"하지만 네게 올 줄은 몰랐는데?"

마침 같이 있던 김성식이 피식 웃으며 말했다.

"설마 법원에서 장난으로 그걸 보내겠나? 그리고 손채림 양이 우리 새론에서 일한 건 사실이지만 법원에서 그걸 다 판단해서 보내지는 않겠지. 그냥 컴퓨터가 랜덤하게 보내는 거니까."

"그런가요?"

확실히 그렇다. 법적으로 배심원이 될 수 없는 사람들이 몇몇 있는데 그중 하나가 변호사다.

하지만 손채림은 변호사도 무엇도 아니다.

한때 새론에서 일하기는 했지만 지금은 공식적으로 새론 소속도 아니고 말이다.

"그래서 가 보려고?"

"가 보고 싶어. 바쁘기는 하지만 사실 재미있을 것 같아."

"남의 인생을 가지고 재미있을 것 같다고 하는 건 문제가 있다고 생각하는데?"

이것이 법이다

"그런가? 하여간 한번 해 보고 싶기는 했어. 그 영화도 있 잖아, 〈13인의 분노한 사람들〉."

"아, 그거…… 명작이지."

노형진은 그녀가 뭘 이야기하는지 알아차렸다.

미국의 고전 영화로, 배심원들의 부담과 현실을 잘 그린 수작이다.

많은 사람들이 법정 영화 중 최고로 뽑는다.

당연하게도 변호사들 중에서도 그걸 본 사람이 많고 말이다.

"하지만 그건 좀 오버하는 것 같은데. 영화는 어디까지나 영화고……."

"알아. 한국과는 좀 다르기는 하겠지. 하지만 그래도 배심 원으로서 뭔가 해 본다는 것도 나쁘지 않을 것 같아."

"으음……."

노형진은 머리를 긁적거렸다.

사실 손채림이 이렇게 부탁하는 건 그날 비행이 있기 때문 이다.

물론 사유서를 내고 안 나가도 된다.

배심원으로 통지가 왔다고 해서 그녀가 확정된 것도 아니다.

그날 가서 현장에서 그날 출석한 후보 중에서 다시 고르 며, 만일 선발되지 않으면 그냥 교통비 조로 6만 원을 받고 오는 게 끝이다.

"네가 비행에 안 가면 영 손해인데."

6만 원 받자고 그녀가 비행을 안 한다는 건 말도 안 된다.

당장 그녀의 일당이 그 몇 배이니까.

"하지만 한번 꼭 해 보고 싶었어."

"뭐, 딱히 신기할 것도 없는……. 아니, 모르겠네."

생각해 보니 노형진은 배심원, 그러니까 한국에서는 국민 참여 재판 위원들이 있는 곳에서 재판은 해 봤지만 배심원으로 참석한 적은 없다.

애초에 참석할 수가 없다.

법적으로 변호사는 참석할 수가 없으니까.

"그래, 너도 한번 해 보는 것도 나쁘지 않을 것 같다."

돈이 문제가 아니다.

그녀 대신 그가 잠깐 시간 내서 탑승해도 된다. 아니면 다른 대리인을 태워도 되고.

한번 해 보고 싶다는데 그걸 막을 정도로 노형진이 융통성 없는 사용인은 아니었다.

"아싸!"

손채림은 작은 두 손을 불끈 쥐었다. 한번쯤 경험해 보고 싶은 일이었는데 이렇게 기회가 될 줄은 몰랐다.

"그런데 사건은 뭐야? 아니다. 알려 줄 리가 없구나."

알려 줄 리 없다.

배심원이라는 존재는 철저하게 중립을 지켜야 한다.

사건에 대해 미리 알려 주면 당연히 그 사건에 대해 한번

쯤은 검색을 하게 된다.

그러면 선입견이 생길 수밖에 없다.

그래서 배심원으로 소환하더라도 사건에 관한 정보는 절대로 주지 않는다.

"원하면 알아봐 줄까?"

김성식은 손채림이 살짝 들뜬 것 같자 피식 웃으며 물었다.

하지만 손채림은 고개를 흔들었다.

"아니요. 한번 해 보고 싶긴 하지만 규정을 어기고 싶지는 않아요. 형진이 말대로 남의 인생이 걸려 있는 거잖아요. 중립적으로 남아 있는 게 맞는 것 같아요."

"정확한 말일세."

김성식은 고개를 끄덕거렸다.

그런 생각이 없다면 배심원은 절대로 해서는 안 된다.

"잘 다녀오게나."

"네. 감사합니다, 호호호."

손채림은 그저 간단한 사건의 배심원이 된 거라 여길 뿐 그리 깊게 생각하지 않았다.

하지만 상황은 그녀의 생각과 다르게 흘러가기 시작했다.

"손채림 양인가요?"

"누구시죠?"

손채림은 눈을 찌푸렸다.

그녀가 사는 곳은 제법 보안이 강한 아파트다.

그런데 그 아파트 현관에 도착하자 근처에 주차되어 있던 차에서 누군가 나와서 다가왔다.

그녀가 오자마자 다가왔다는 것, 그리고 이름을 안다는 것.

그건 이미 자신에 대해 안다는 소리였다.

"이번 사건에 대해 이야기를 좀 해 보고 싶어서요."

"이번 사건? 무슨 사건요?"

"조용한 곳에서 이야기를 해 볼 수 있을까요?"

시커먼 양복을 입은 두 남자의 말에 손채림은 모른 척하고 있었지만 머릿속은 빠르게 돌아가고 있었다.

'내가 지금 하는 사건이 없잖아. 이미 새론을 그만둔 게 오래전인 데다 개인적으로 소송을 하는 사건도 없고. 그러면 남은 건 하나뿐인데?'

사건이라고 할 만한 것은 오로지 단 하나, 그녀가 배심원으로 선발된 사건뿐이다.

'어떻게 할까? 모른 척해? 아니면 알은척해?'

그녀는 고민을 하다가 노형진이 했던 말을 떠올렸다.

─누군가의 인생이 걸린 재판.

그게 어떤 사건인지는 모른다.

하지만 한 가지는 확실했다.

그 사건이 뭐든 간에 그녀에게 다가왔다는 건 포섭하기 위함이라는 것 말이다.

'일이 커진 것 같다.'

일반적으로 배심원을 부를 때는 삼백 명 정도에게 해당 안내문을 발송한다.

그중 참석 인원은 10% 정도이고, 그 서른 명 안에서 다시 배심원을 추가로 추린다.

'그리고 그건 철저하게 비밀이야.'

그런데 그걸 알고 그녀에게 왔다.

그 말은 그녀에 대해 알아볼 수 있는 사람이라는 거다.

그리고 그런 사람이 낀 사건이 절대 가벼운 것은 아닐 것이다.

'일단…… 알은척한다.'

여기서 모른 척하고 벗어날 수도 있지만 이런 사람들이라면 배심원들을 이용할 수도 있다.

그러면 엉뚱한 피해자가 나올 수도 있다.

손채림은 거기까지 생각이 미치자 저들과 이야기하면서 정보를 모으기로 했다.

"제가 개인적으로 하는 사건은 없고, 그 배심원 사건 때문인가요?"

"눈치가 빠르시네요."

"여기 말고 근처 커피숍으로 가서 이야기하지요. 당신들이 누군지도 모르는데 집으로 들여보낼 수는 없으니까요."

손채림이 앞장서서 움직였고 그들도 손채림을 따라 움직였다.

손채림은 혹시나 뇌물 취급이 될까 봐 자신이 커피를 직접 사 왔다.

"그래서, 할 이야기가 뭔가요?"

"피해자분을 위해 정의의 처단을 해 주셨으면 합니다."

"정의의 처단?"

"그렇습니다. 이번 사건은 살인 사건입니다. 그리고 아주 극악한 사건이지요. 피해자분은 정의가 이루어지기를 원하고 계십니다."

'계신다 이거지.'

사람의 말에서는 많은 걸 읽을 수 있다.

그리고 손채림은 그걸 노형진에게 그걸 배웠다.

'상대방은 누군지 모르지만 권력을 가지고 있는 자야. 그리고 그 권력으로 가해자에게 처벌을 가하려고 하고 있어. 하지만 말이 안 되는데.'

만일 진짜 살인이라면 피해자가 굳이 이렇게까지 하지 않아도 재판에서 가해자에게 처벌이 내려질 것이다.

더군다나 피해자가 권력을 가지고 있다면 아주 강력한 처벌을 내릴 가능성이 높다.

거기까지 생각이 미치자 손채림은 정신이 번쩍 들었다.

'살인이 아닐지도 몰라.'

살인이 아니라면, 그래서 살인으로 만들려는 거라면 그럴 수도 있다.

'그러고 보니 국민 참여 재판은 피고인이 신청하는 거지.'

물론 그걸 신청한다 해서 다 억울하다는 의미는 아니겠지만, 가능성은 높다.

'그리고 재판부를 믿지 못한다는 소리이기도 하고.'

동시에 상대방이 권력자라는 소리이기도 하다.

아무리 권력자라고 해도 그가 국민 참여 재판을 신청했는데 막을 수는 없다. 이건 기록이 남는 타입이니까.

"정의를 원하는 건가요?"

손채림은 거기에 들어가기로 마음먹었다.

물론 여기서 이상한 행동을 하면 포섭 대상에서 걸러질 가능성이 높다.

그래서 손채림은 연기를 하기로 마음먹었다.

"네, 저희가 원하는 건 정의입니다."

정의뿐이라면 문제가 되지 않을 것이다.

하지만 이들은 정의를 원하는 게 아니라 정의를 파괴하기를 원하는 것처럼 보였다.

"저도 정의를 좋아하지요. 물론 그에 맞는 노력이 있어야 하지만요."

"그렇지요."

"저 혼자 노력한다고 세상이 깨끗해지는 건 아니잖아요?"

어깨를 으쓱하는 손채림.

저들이 원하는 건 뻔하다.

자기들 마음대로 할 수 있는 작자들.

그리고 그런 자들을 골라내려고 한다면 가장 좋은 것은 뇌물이다.

"정의를 위해 일하는 분에게는 적당한 보상이 있어야지요. 그게 세상 아닙니까?"

"말귀가 밝으시네요. 기대해도 될까요?"

"저희는 노력하는 분들을 존경하는 사람들입니다."

"저 역시 그런 사람들을 존중하죠."

쉽게 말해서 일이 끝난 후에 돈을 주겠다는 소리다.

'증거를 안 남기겠다 이거겠지.'

지금 돈을 주면 나중에 배신할 수도 있고 신고할 수도 있으니까.

하지만 재판이 끝나고 나서 돈을 주면 배신하기도 애매하고, 돈을 주지 않았으니 재판 전에 신고하더라도 자신들이 커버할 수 있을 거라 생각하는 게 뻔하게 보였다.

"그러면 나중에 기회가 되면 좋겠네요."

손채림은 싱긋 웃으며 말했다.

이것이 법이다

"저희 역시 기대가 됩니다."

그들은 더 이상 말을 하지 않고 그곳을 떠났다.

손채림은 그들을 보고 다시 아파트로 향했다.

그리고 엘리베이터를 타고 올라가다가 그녀의 집이 아닌 다른 곳으로 들어갔다.

'이곳을 쓰게 될 줄은 몰랐네.'

이곳은 노형진이 미리 준비한 비상용 안전 가옥이었다.

상대방이 자신을 찾아냈다면 그곳에 뭔 짓을 해 놨을지 모르니까.

그곳에는 아무것도 없었다, 단 하나의 서랍 빼고는.

그녀는 서랍을 열고 그 안에 든 핸드폰을 꺼냈다.

남의 이름으로 발급받은 대포폰이다.

이곳이라면 누구도 모르니 마음 놓고 통화할 수 있다.

-여보세요? 이 시간에 어쩐 일이야?

"문제가 생겼어. 잠깐 볼 수 있을까?"

손채림의 얼굴은 딱딱하게 굳어 있었다.

"그런 일이 있었나?"

손채림은 김성식도 불렀다. 이건 그녀와 노형진만 해결하기에는 위험한 게임인 듯했으니까.

그리고 김성식의 얼굴은 심각해졌다.

"저를 어떻게 찾았을까요?"

"랜덤하게 컴퓨터로 찾기는 하지만 그걸 보면 대충 누가 올 수 있는지 각은 나오거든."

물론 100%까지는 아니겠지만 그래도 대충 나올 만한 사람들은 보인다.

"그러면 그들에게 다 협상을 걸까요?"

"그건 아닐 거야."

김성식은 고개를 흔들었다.

"아마 리더가 될 만한 사람을 고르려고 하겠지. 대놓고 다 건드리면 정보가 새기 쉬우니까. 대신에 분위기를 이끌 수 있는 사람을 고르려고 하겠지."

"리더?"

"자네는 회사에서 계급이 높지 않나."

"아!"

손채림은 분명 그랬다.

사실상 대표로 활동하고 있다.

그러니 그들이 보기에는 리더로 쓸 만할 것이다.

"뭔지 모르지만 확실하게 사건을 조작하려고 하는 것 같네요."

노형진은 걱정스러운 얼굴로 말했다.

그들이 이렇게 움직일 정도라면 아주 심각한 문제다.

"하지만 정보가 없으니 그 사건이 뭔지 알 수가 없군. 그것만 알아도 좀 도움이 될 텐데."

"아! 그 녀석들이 살인이라고 했어요!"

"살인?"

"네, 살인이라고 했어요. 그래서 피해자가 정의를 원한다고."

"살인이라……. 그걸 가지고 특정하는 것은 한계가 있네. 자네들이 몰라서 그렇지, 생각보다 살인 사건은 많은 편이거든."

"하지만 그중에 국민 참여 재판을 신청한 사건을 고르면 되지 않나요?"

김성식은 고개를 흔들었다.

"아니, 그건 도움이 안 된다네. 사실 살인범들은 그걸 많이 신청해."

"어째서요?"

"판사보다는 일반 국민들에게 '나 불쌍하다' 전략이 더 잘 먹히거든."

"아아."

판사야 하도 많이 봐서 담담하지만 살인범들은 국민 참여 재판의 참가자들에게 '나 불쌍하다' 전략을 써서 형량을 줄이려고 시도한다.

실제로 그런 경우가 없는 것도 아니다.

어찌 되었건 배심원은 유무죄뿐만 아니라 형량에도 어느 정도 영향력을 끼치니까.

"그러면 어쩌죠? 재판 때까지 기다려야 하나요?"

그러면 손채림이 대응하기에 늦을 수도 있다.

최악의 경우 그녀를 제외한 모두가 넘어가 있는 상황이 될 수도 있다.

"아니, 방법은 있어. 검사를 특정한다면 말이야."

"어떻게 검사를 특정하나? 사건을 특정하지도 못하는데."

"그들은 배심원을 특정하려고 하는 자들입니다. 그런 자들이 자신들이 통제하지 못하는 판검사를 고르려고 하겠습니까?"

"그건 그렇군."

"그런 면에서 볼 때 그들이 쓸 만한 검사를 골라내는 건 어려운 일이 아니지요. 아마 전부터 커넥션이 있는 자일 가능성이 높습니다. 쓸데없이 정의로운 검사에게 사건을 배당했다가 뒤집히는 것보다는 차라리 자기가 통제하던 자들을 쓰는 게 나을 테니까요."

"그건 그렇군."

김성식은 중수부장까지 했던 사람이다.

당연히 서울 내부에서 검찰의 권력 관계를 누구보다 잘 안다. 그래야 위험한 놈들을 잡을 수 있으니까.

그렇게 해당 지법에서 가장 쓸 만한 카드를 고르던 그는 누군가를 생각해 냈다.

"심탁수 검사일 가능성이 높군."

"부패 검사인가요?"

"부패까지는 아니야. 하지만 야심이 크지."

"야심이라……."

"그래. 차라리 부패 검사는 이런 사건에서는 위험해. 무리한 돈을 요구하거나 약점을 잡아서 흔들 수 있거든. 하지만 심탁수는 장차 정치권을 노리는 자야. 당연하게도 권력과 손잡을 기회가 있다면 그 기회를 발로 찰 사람은 아니지. 거기에다가 살인 사건 같은 강력 범죄 전담 검사이기도 하고."

"정치 검사인 겁니까?"

"아니, 그럴 기회가 없었네."

그는 정치 검사가 되고 싶어 했다.

하지만 애석하게도 정치 검사 라인에 들어가기에는 그의 인맥이 너무 짧았다.

"좋게 말하면 개천에서 용 난 타입이기는 한데 말이지. 무슨 뜻인지 알지?"

"무슨 뜻인지 알겠네요."

능력이 되기는 하지만 인맥이 부족해서 핵심 권력에 접근하지 못한다는 소리다.

실제로 그런 경우는 종종 있었다.

권력을 가지는 것은 생각보다 쉬운 일이 아니다.

특히나 핵심 권력은 더더욱 힘들다.

"인맥을 잡을 수 있다면 뭐든 하겠네요?"

"그럴 걸세. 그일 가능성이 높아. 아니, 그일 수밖에 없네.

그는 장차 정치를 하고 싶어 하니까."

그렇다면 기꺼이 뭐든 하려고 할 것이다.

"근데 이 정도로 힘쓰는 사람들이 몰려 있는 사건인데 언론에서 왜 조용하지?"

손채림은 고개를 갸웃했다.

이 정도 사건이면 벌써 언론이 떠들어야 정상이다.

검찰은 상당한 힘을 자랑하는 조직이다.

그런 무소불위의 권력을 휘두르는 곳과 결탁하고 법원과 결탁해서 배심원들의 정보를 흘릴 정도면 이만저만 큰 사건이 아니다.

"그러네. 언론에서는 조용하네."

노형진은 불안감이 든다는 듯 말했다.

너무 조용하다. 그렇다면 이유는 하나뿐이다.

"언론도 통제할 수 있는 사람이다 이건가?"

"그렇다고 봐야겠지요. 제가 보기에는 피해자 쪽이 권력을 쥔 사람일 겁니다."

"하지만 왜 권력자가 사건을 감춘단 말인가, 피해자인데? 도리어 여론을 몰아가면 이렇게 복잡하게 하지 않아도 충분히 강력한 처벌을 내릴 수 있을 텐데."

김성식은 그게 이해가 가지 않았다.

하지만 노형진은 손채림의 말을 듣고 대충 그림이 그려졌다. 그리고 눈을 찌푸렸다.

"사법 보복이군요."

"사법 보복. 끄응…… 그렇군. 이런 사건이 종종 있었지."

사법 보복. 그러니까 법을 이용해서 상대방의 인생을 파멸시키는 것을 뜻한다.

과거에 이런 사건이 있었다.

재벌 3세가 자신의 마음에 안 든다는 이유로 사람을 납치해서 구타한 사건.

그는 조폭을 동원해서 사람을 패서 반병신을 만들었다.

당연하게도 피해자는 경찰에 신고하고 언론에도 제보했지만, 누구도 그걸 신경 쓰지 않았다.

심지어 평소에 인권에 관심 많다고 주장하는 인권 단체도 입을 다물었다.

그러다 피해자가 직접 인터넷에 글을 쓴 게 이슈가 되어서 일이 커졌다.

그래서 형사재판을 했는데, 사람을 팬 그 재벌 3세는 집행유예로 풀려났고 정작 피해자는 업무방해로 실형이 나왔다.

웃긴 일은 그 이후에 벌어졌다.

재벌 3세는 민사까지 해서 피해자에게 돈을 뜯어냈는데, 그 돈이 당시에 피해자에게 준 합의금과 똑같은 3천만 원이었다는 것이다.

그러니까 사람은 사람대로 패고 돈은 돈대로 빼앗아서 인생을 박살 냈으면서도 처벌은 조금도 받지 않은 거다.

"사법적 보복 사건은 흔하지요."

"하긴 그렇지. 대부분 잘 모르겠지만 말이야."

재벌이 툭하면 조폭을 동원해서 사람을 패는 것 같지만 사실 그런 경우는 거의 없다.

그건 문제가 되면 기업 이미지에 타격이 가기 때문이다.

하지만 법적으로 말려 죽이면 이야기는 달라진다.

그 판결을 내린 것은 법원이니까.

외부에 알려질 일도 없고, 법이라는 걸 끼는 순간 재벌은 당연하게도 법률적 과정을 거친 거라는 변명도 가능하다.

자세한 사정을 모르는 사람들은 법을 끼고 판결한 게 뭐가 문제냐고 생각하고 말이다.

"사법 보복이라……. 그러면 말이 되네. 느낌상 무죄일 가능성이 무척이나 높아 보였거든. 그런 거라면 당연히 저쪽에서 어떻게 해서든 조작하려고 하겠지. 와, 어이가 없네."

손채림이 발끈하자 김성식은 창피한 듯 고개를 흔들다 한숨을 푹 쉬었다.

"사법 보복이라…… 끄응……. 언제 대한민국 법원이 권력자들의 주구가 된 건지."

김성식은 고개를 흔들었다.

물론 그가 있을 때도 그를 길들이려고 재벌가에서 엄청나게 손을 썼으니 이상한 일도 아니기는 하지만.

"어찌 되었건 저나 새론에서 심탁수에게 접촉하면 안 될 겁니다. 의심스럽기는 하지만 우리가 접촉하면 저쪽에도 걸릴 게 뻔합니다."

그랬다가는 그걸 가지고 뒤를 캐기 시작할 테고, 그러면 손채림이 엮여 있는 걸 알아낼 수 있을 것이다.

그러면 그녀를 배심원에서 쳐 낼 게 뻔하다.

"이 사건을 해결하기 위해서는 외부에서가 아니라 내부에서부터 조사를 해야 합니다. 그래야 정확하게 특정해서 추적할 수 있습니다. 우리가 방향을 잘못 잡았을 수도 있고요. 어찌 되었건 채림이가 안으로 들어가는 게 가장 확실할 겁니다. 그래야 사건을 특정해서 해결할 수 있습니다."

물론 의뢰받은 사건은 아니다.

하지만 이런 사건이 벌어지는 것을 그냥 두고 볼 수는 없다.

"그래도 어느 정도 방향을 알아야 할 텐데?"

손채림은 고개를 갸웃했다.

"걱정하지 마. 이런 걸 알아볼 만한 사람이 있으니까."

그들과 마찬가지로 노형진도 검찰에 선이 있었다.

"원래 이럴 때 써먹으라고 있는 거야, 후후후."

⚖

오광훈은 노형진을 만나서 이야기 중이었다.

검사로서 다른 검사의 사건에 끼어드는 것은 명백한 월권이다.

하지만 아무리 권력자가 감시한다고 해도 다른 검사가 사건 이름과 개요 정도만 확인하는 것까지 다 알아낼 수는 없다.

"심탁수 검사 사건 기록을 대충 알아봤거든."

"설마 컴퓨터로 검색하는 멍청한 짓을 하지는 않았지?"

"그럴 리가 있나?"

그는 실실 웃으면서 손가락을 말아서 동그란 모양을 만들었다.

"내 검사 사무실에 있는 여직원한테 카드 줬다, 거기 여직원이랑 가서 밥 좀 먹으라고. 다행히 그쪽 여직원도 동기라고 하더라고."

"잘했네. 역시 조폭. 편법 겁나 잘해."

"칭찬 같지가 않다?"

컴퓨터로 검색하면 나오겠지만 그랬다가는 걸릴 수도 있다. 감시 시스템이 있을 테니까.

하지만 사람이 입에서 입으로 전달하는 건 감시가 거의 불가능하다.

그러기 위해서는 일대일로 감시를 붙여야 하는데, 검찰에서 일하는 모든 사람을 감시할 수는 없는 노릇이니까.

"그래서 의심 가는 거 있어?"

"조호국 사건이 제일 의심스러워. 아니, 그거 말고는 다른 것일 수가 없지."

"조호국?"

노형진은 고개를 갸웃했다. 처음 듣는 이름이다.

"그게 누구야? 국회의원이야? 아니, 이 정도 일을 저질렀다면 1선이나 2선은 아닐 테고 3선 이상일 텐데, 그러면 내가 이름을 모를 리 없는데."

혹시나 재벌가인가 해서 기억을 뒤적거렸지만 재벌가도 아니다.

재계의 큰손인 노형진이다.

한국의 어지간한 재벌가의 이름은 알고 있다.

"나도 처음 들어 봤다. 하지만 그 사건일 수밖에 없어."

"어째서?"

"지금 심탁수가 하는 재판 중에서 국민 참여 재판 사건은 이것뿐이거든."

그러면 확실히 이 사건이다.

하지만 조호국이라는 이름 자체를 처음 들어 본다.

재벌도 정치인도 아닌 존재.

"방향을 잘못 잡았나? 혹시 가해자가 조호국? 그러면 내가 모를 수도 있지."

"아니야. 피해자가 조호국이야."

"그러면 정말 방향을 잘못 잡았나?"

노형진이 살짝 걱정하는 걸 본 오광훈은 그의 실수를 지적해 줬다.

"아닐걸. 조호국은 죽은 사람이야. 죽은 사람이 음모를 짤 수는 없잖아."

"흠, 그러면 그 보복을 하는 건 그 아버지나 다른 사람인가?"

노형진은 눈을 찌푸리며 말했다. 그게 맞는다면 모를 수도 있다.

"듣기로는 배심원이 아홉 명이라고 하더라고."

"살인 같은 경우는 강력 범죄잖아. 규정상 사형이나 무기가 나올 만한 사건은 배심원을 아홉 명으로 해. 실수를 줄이기 위해 말이지."

한국의 국민 참여 재판은 강력 범죄일 경우 배심원 수에 차등을 둔다.

그리고 아홉 명이라는 것은 그 형량이 무기징역이나 사형까지 갈 수 있다는 소리다.

"그 이후에는?"

"애석하게도 그게 한계야. 알다시피 너무 깊이 알려고 하면 부담스럽잖아? 아무리 동기라지만 그 사건을 파고들면 그쪽 직원이 의심할 수도 있고."

"그건 그렇지."

만일 그걸 보고라도 하면 위험하기 때문에 노형진은 무리해서 알아보라고 하지는 않았다.

"조호국에 대해 알아볼까?"

"아니, 그건 네가 알아보면 안 돼. 너랑 나 사이를 모르는 사람은 없으니까. 네가 알아보면 알아차릴 거야."

"그러면?"

"이럴 때 쓰라고 새론이 정보 팀을 만든 거야."

그들이라면 좀 더 중요한 정보를 가지고 올 수 있을 것이라고, 노형진은 생각했다.

"간단한 정보였습니다. 조호국의 아버지가 조만용이더군요."

"어디 핵심적인 권력자인가요?"

조만용이라는 이름도 여전히 처음 듣는다.

그런데 그의 존재는 상상을 초월했다.

"조만용은 건물주입니다."

"네? 건물주요? 뭐, 정치적 자리를 가진 건요? 아니면 기업을 운영한다든가."

"아니요. 건물주입니다."

"고작요?"

물론 한국에서 건물주의 위상은 고작이라는 말로는 부족하기는 하지만, 그래도 그 건물주라는 것이 재판부와 언론까지 틀어막을 수 있는 것은 아니었다.

하지만 다음 순간에 노형진은 긴 한숨을 쉴 수밖에 없었다.

"네. 서울에 여러 채의 빌딩을 가지고 있습니다. 그중에는 자유신민당의 당사도 있습니다."

"아…… 조물주 위에 건물주라고 하더니."

"자유신민당이 당사를 팔았죠."

모종의 사건으로 자유신민당은 자신의 건물을 팔아야 했다.

그리고 그 이후에 건물을 사지 못했다.

정확하게는, 살 수가 없었다. 사는 순간 그 돈이 문제가
되니까.

그 당시 그 뇌물 사건 때문에 어마어마한 돈을 빌려야 했
고 건물까지 팔아서 갚아야 했는데, 아무리 정치자금이 많이
들어온다고 해도 그 빚을 갚기에는 벅차다.

'공식적으로는 말이지.'

그래서 그 이후로 자유신민당은 부자 정당의 이미지를 감
추기 위해 세 들어서 살고 있었다.

"한 달에 월세가 2억 3천이라고 하더군요."

"끄응…… 대충 알겠네요."

조만용이 그 돈을 가지고 거래를 걸었을 것이다. 그걸 받
지 않을 테니 보복을 해 달라고 말이다.

자유신민당으로서는 손해 볼 게 없었다.

"1년만 안 받는다고 해도 어마어마한 돈이니까요."

1년이라고 해도 거의 28억에 육박하는 돈이다.

그 돈을 당에서 몰래 비자금으로 쓸 수도 있고, 권력자들
끼리 나눠도 된다. 절대 작은 돈은 아니다.

"그리고 그건 경비 처리로 잡겠지요."

"그럴 겁니다."

"그러니까 정당이라는 작자들이 조폭도 아닌데 의뢰를 받아서 보복을 해 준다는 거군요."

"그렇다고 봐야겠지요. 그 사건에 대해서 알아볼까요?"

노형진은 고개를 흔들었다. 조만용에 대해 알아본 것으로 충분하다.

"어차피 제가 변론을 할 게 아니니까 지금 알아봐야 의미도 없습니다. 그리고 사건을 예단하지 않는 것은 중요합니다."

"보복이라고 할지라도요? 지금 상황 자체가 의심스럽습니다만."

고문학이 이상하다는 듯 되물었다.

"압니다. 하지만 저라도 그런 자리에 있다면 보복할 겁니다."

아들의 죽음에 대해 어떻게 해서든 보복을 하려고 하는 것이 정상이다. 그걸 탓할 수는 없다.

"물론 그게 합법적인 것이냐 법을 농락하고 과도한 처벌을 요구하는 것이냐가 관건이지요. 어찌 되었건 대한민국의 법이 너무 물렁한 것은 사실이니까요."

"미묘하군요."

"미묘하지요."

거기에다 상황이 애매하기도 하다.

어떤 경우는 사람을 죽여도 3년인데 어떤 때는 라면을 훔

쳤다고 1년형이다.

"상황이 의심스럽기는 하지만 예단은 피해야지요. 진짜 살인 사건이고 그 원한 때문에 움직인다면 저는 막을 생각이 없습니다. 복수는 아버지의 권한입니다."

"권력자의 자식이라고 해도요?"

"권력자라고 해서 다 미운 존재가 아닙니다. 제가 그들을 싫어하는 건 그들이 권력을 올바르게 쓰지 않기 때문입니다."

만일 그들이 그걸 올바르게 쓰려고 한다면 노형진은 그걸 말릴 생각이 없다.

"그건 현장에 가서 보면 알겠지요."

노형진은 차분하게 말했다.

"결국 그걸 판단하는 게 배심원이니까요."

⚖

손채림은 예정대로 배심원으로 참석했다.

그리고 그곳에서 사건의 전말을 듣고 혀를 끌끌 찰 수밖에 없었다.

'보복 맞네.'

사건 기록을 보면 살인이다.

가해자는 주영우라는 청년이었고 피해자는 조호국이었다.

그리고 검사 측, 즉 심탁수의 주장은 간단했다.

사건 당일, 조호국과 싸우던 주영우는 조호국을 도로로 밀었다. 그리고 때마침 달려오던 8톤 트럭에 치여서 조호국이 사망했다.

'사건 자체는 간단한데 말이지.'

여기서 문제가 되는 것은 양측의 주장이다.

주영우 측의 주장은 평소 조호국이 주영우를 괴롭혔으며 심심하면 폭행을 했다는 것이다.

주영우는 조호국과 같은 중학교, 고등학교를 다닌 사이로, 주영우는 내내 조호국에게 왕따를 당했다는, 아니 학교 폭력의 피해자였다는 것이다.

그리고 늦은 밤, 주영우가 아르바이트를 마치고 돌아가던 중 술에 취한 조호국과 마주쳤다는 것.

과거의 버릇을 고치지 못한 조호국은 그를 때리면서 낄낄거렸고 주영우는 저항하려고 했다.

문제는 이 '저항'이다.

'민 것이냐, 아니면 휘두른 것이냐.'

피고인, 즉 주영우 측의 말에 의하면 때리면서 괴롭히는 조호국이 다가오지 못하게 하기 위해 들고 있던 봉지를 휘둘렀다고 한다.

그 안에 든 것은 삼각김밥 세 개와 종이 상자로 포장된 열 개짜리 계란 한 판.

정상적으로 본다면 위험물로 판단될 수는 없는 물건들이

다. 거기에 맞는다고 해도 죽기는커녕 어디 기스도 안 날 테니까.

하지만 조호국은 그걸 피하기 위해 뒤로 서둘러서 물러났다고 한다.

'그게 하필이면 도로였다 이건데, 애매하기는 하네.'

술에 취해서 방향을 잘못 본 건지 어떤지는 알 수 없다.

어찌 되었건 봉지를 피해서 뒤로 물러났는데 그곳이 하필 도로였고 길 저편에서 달려오던 트럭에 치였다는 것.

'극단적 상황이군.'

만일 주영우 측의 말이 맞는다면 이건 무죄다.

일단 상해를 한 적도 없고 협박이나 공갈을 한 적도 없다.

자기방어 차원에서 물건이 든 봉지를 휘두르기는 했지만 그가 휘두른 물건은 아무리 강하게 표현해도 위험물이라고 볼 수 없으며, 그걸 맞았을 때 최악의 상황은 그저 깨진 날계란이 묻는 정도였다.

'하지만 밀었다고 하면?'

과실치사로 볼 수 있다.

그리고 검사 측 주장에 따르면 트럭이 오는 걸 보고 밀었으니까 명백하게 살인의 고의가 있다는 것이다.

완전히 극단적 상황이다.

무죄 아니면 살인.

'그리고 심탁수는 후자라고 생각하고 있는 거고. 아니, 당

연히 살인으로 몰아갈 거라고 했지.'

손채림은 마음을 다잡았다.

배심원으로 들어가면 그녀를 도와줄 수 있는 사람은 없다.

그건 노형진에게서 미리 들은 이야기다.

'정황상 보면 살인이 되는 건 무리야.'

밀었다고 해도 과실치사 정도다.

그런데 공소는 살인으로 되어 있다.

이미 작심했다는 소리다.

'그나저나 이 중 누가 포섭되어 있는 걸까?'

재판을 보면서 손채림은 살짝 다른 배심원들을 살펴보았다.

자신과 함께 참석한 여덟 명의 배심원들.

그중에서 과연 누가 포섭된 건지 알 수가 없었다.

이미 이야기가 다 되었다고 생각한 건지 손채림은 어렵지 않게 배심원으로 뽑혔다.

물론 뽑힌 이후에는 합당한 이유가 없으면 자를 수 없다.

손채림은 그 이유를 제공할 생각이 없고 말이다.

'중요한 건 일단 사건을 정확하게 확인하는 거야.'

노형진이 힘들 거라고 경고하기는 했다. 하지만 그녀는 나름대로 최선을 다할 생각이었다.

'정황상 가장 적당한 죄명은 과실치사야. 피고인 측 말이 맞으면 무죄이고. 하지만 조만용은 보복을 원하고 말이지.'

그래서 조만용은 자유신민당을 움직여서 보복을 청탁했을

것이다.

'상황은 이해가 가는데.'

손채림은 눈을 찌푸렸다.

사건의 전반을 알고 나니 대충 상황이 이해가 갔지만 사건 자체가 호락호락한 건 아니었다.

가장 큰 문제는 바로 그녀가 변호사가 아니라는 것이었다.

"이번 사건은 비극적인 사고일 뿐입니다. 비록 두 사람의 싸움으로 벌어진……."

손채림은 변론을 하는 변호사를 바라보았다.

'제대로 반론도 준비하지 않았어.'

그럴듯한 말을 하기는 하지만 딱히 준비한 변론은 아니다.

'이미 답은 정해져 있다 이거네. 하긴 배심원까지 손써 놨는데 변호사를 그냥 둘 리 없지.'

주영우는 돈이 없어서 국선변호인을 선임했다.

그리고 국선변호인 하나쯤 주무르는 건 조만용에게는 아주 쉬운 일일 것이다.

당장 자기 건물에 사무실 하나만 만들어 준다고 해도 바로 넘어갈 가능성이 높다.

'흠…….'

"이상입니다."

피고인 측의 최후진술이 끝나자 주영우는 고개를 푹 숙였다.

그도 이 사건에서 자신이 얼마나 불리한 상황인지 아는

듯, 인생을 포기한 얼굴이었다.

'이거 갑갑하네.'

뭔가 문제가 있다는 건 대충 알 것 같다.

그런데 질문도 직접 할 수 없다.

진짜 질문할 내용이 있으면 판사를 통해 해야 한다.

당연히 제대로 질문이 진행되지도 않았다. 기회가 주어지긴 했지만 살짝 곡해된 질문이 나왔다.

그렇다고 따질 수도 없다.

그랬다가는 법정 모독으로 쫓겨 나갈 테니까.

그녀가 나가도 그 뒤에는 예비 배심원들이 기다리고 있다.

까딱 잘못하면 저들에게 기회를 주게 되기 때문에 절대 적대적으로 보여서는 안 되는 상황이어서 적대적 질문도 할 수가 없었다.

"더 이상 질문이 없습니까? 그러면 평결 부탁드립니다."

판사의 말에 배심원들은 우르르 일어나서 회의실로 들어갔다.

정확하게 말하면 평의실. 그곳에는 의자와 간식 등이 비치되어 있었다.

일단 여기에 들어오는 순간 외부와 접촉은 금지된다.

심지어 평의 전에는 같은 배심원끼리 사건 이야기를 하는 것도 금지되며 화장실도 내부에 따로 있다.

당연히 밥도 구내식당의 정해진 곳에서 자기들끼리 먹어

야 한다.

그게 힘들면 아예 평의실로 배달시켜 주고 말이다.

'그리고 여기서부터 시작이야.'

여기에 들어온 순간 자기들과 의견이 다르다고 자신을 자를 수는 없다.

손채림은 깊게 심호흡을 하고 안으로 들어갔다. 지금부터 누군지 모를 적과 싸워야 하니까.

하지만 그건 쓸데없는 걱정이었다.

그는 들어오자마자 자신을 드러냈으니까.

"천하의 개쌍놈이네. 저런 새끼는 죽여야지. 아니, 사람을 죽여 놓고 미안하다는 말도 안 하네."

들어오자마자 거칠게 말하는 한 남자.

손채림은 그런 그를 힐끔 보았다.

아니, 모두가 그를 바라보았다.

"그렇지 않습니까? 아니, 사람을 죽였으면 그 죄에 대한 처벌을 받아야지. 피해자한테 죄송하다는 말도 안 하잖아요?"

"그건 그런 것 같아요. 사람이 죽었는데."

떨떠름하게 이야기하는 어떤 여자. 손채림은 그녀를 바라보았다.

'포섭된 건가? 그런 것 같지는 않은데.'

말하는 투도 좀 자신이 없고, 슬쩍 의견을 얹는 스타일이다. 기본적으로 포섭하기에는 소심해 보인다.

저런 타입은 잘못하면 그걸 경찰에 신고할 가능성이 높다. 그래서 포섭 대상이 안 된다고 들었다.

'대신에 저런 타입은 누군가 강하게 말하면 거기에 쓸려 가지.'

소심해서 자신의 의견이 강하지 않다. 강하게 의견을 말하기보다는 주류에 따라가는 타입이다.

그렇다면 저 사람은 아니다.

'포섭의 첫 번째 조건은 다른 사람들의 의견을 이끌 수 있는 리더.'

척 봐도 남자는 아까부터 적극적으로 재판에 나섰다.

심지어 다들 꺼리는 배심원 대표 자리도 자신이 하겠다면서 나섰다.

그게 나쁜 건 아니다. 적극적으로 나서서 공정한 판결을 한다면 말이다.

'하지만 포섭된 거라면 이야기가 달라지지. 지금 저 남자는 자기가 하려는 짓이 뭔지나 알까?'

질문도 피고인에게 불리한 것뿐이었고 지금 상황도 그렇다.

회의실에 들어오자마자 그는 극단적인 표현을 하며 의견을 제시했다.

'한국 사람들은 대놓고 싸우는 걸 꺼린다고 했지?'

누군가가 이렇게 강력하게 의견을 내놓으면 거기에 대항해서 싸우려고 하는 사람은 드물다.

오히려 누군가는 심지가 약해서 그 의견에 끌려들어 간다.

순식간에 그러한 세력이 만들어지는 것이다.

바로 저 여자처럼 말이다.

"길게 갈 필요 있겠습니까? 저런 살인자 새끼가 우리 가족을 죽였다고 생각해 보세요."

노형진이 손채림에게 경고한, 포섭된 자의 두 번째 방법.

바로 배심원들의 감정에 호소하는 거다.

가족처럼, 가족같이, 가족을 위해 같은 식으로 말이다.

엄밀하게 말하면 이건 말도 안 되는 소리다.

이미 일어난 일을 자신의 가족에 대입해서 판단하면 누구도 공정한 판결은 불가능하다.

어떤 가족이든 사고가 날 가능성은 존재한다.

그런 식이면 세상이 무서워서 집 밖으로 나갈 수도 없는 지경이 될 것이다.

'두 번째 방법이 나오고 마지막 세 번째 방법이 나오면 확정적이라고 했지?'

그리고 그 생각이 끝나기 무섭게 세 번째 방법이 튀어나왔다.

"더군다나 이거 길게 끌어 봐야 우리한테 좋은 게 뭐가 있겠습니까? 사실 여비를 준다고 하지만 그걸로 먹고살 수 있는 것도 아니고."

마지막으로 배심원들이 입는 피해를 입에 올린다.

명백하게 법적으로 이들에게 지급될 여비가 있기는 하지

만 그들의 생계에 피해를 입는 부분은 보장되지 않는다.

미국 같은 경우는 배심원이라는 게 권리이자 의무로 확실하게 못 박혀 있어서 그 때문에 쉬는 걸 가지고 누구도 뭐라고 하지 않는다.

하지만 한국은 다르다. 직장의 경우는 오로지 손해만 생각해서, 그렇게 잘났으면 그만두라고 비아냥거린다.

가게 같은 경우는 더하다.

일단 피해가 문제가 아니라 쉰다는 것 자체가 가게에 타격을 준다.

"빨리 끝내고 갑시다. 그래야 우리도 생활을 하지요."

남자는 마치 리더처럼 분위기를 이끌었다.

물론 그가 배심원 대표이기는 하지만.

"하긴……."

"그러지요. 뭐, 사건도 명확한 것 같고."

'명확하기는 개뿔. 분위기가 거기에 쏠려 있으니까 그렇지.'

명확한 건 하나도 없다.

이쪽 경험이 없는 사람은 모르겠지만 경험이 많은 손채림은 안다, 명확한 증거는 단 하나도 없다는 것을.

사고 현장에는 CCTV도 없었다.

애석하게도 그날 밤은 아주 어두웠고, 늦은 시간이라 주변의 가게도 불이 다 꺼져 있었기 때문에 그 트럭의 블랙박스에도 나온 게 없었다.

영상에서 확인할 수 있는 건 조호국이 도로에 주차된 차들 사이에서 갑자기 튀어나온 것뿐이다.

애석하게도 인도 쪽에 있던 주영우의 모습은 보이지 않았다.

"거기에다 증인도 있지요."

'증인이 있기야 하지.'

문제는 그 증인이 조호국의 친구들이라는 거다.

쉽게 말해서 학교에 다닐 때 같이 몰려다니던 일진들이었다.

조호국과 함께 길을 가던 중 학창 시절 먹잇감이었던 주영우를 발견하고는 버릇처럼 다가간 거다.

그런 놈들이 과연 조호국이 스스로 뛰어들었다고 진술해 줄까?

그럴 리 없다.

"그러면 빨리 평결하지요."

여론을 계속 이끌어 가면서 리더 노릇을 하려고 하는 남자.

손채림은 이쯤에서 그를 막아야 한다고 생각했다.

더 이상 눈치 볼 이유가 없었다.

"글쎄요. 전 그렇게 생각하지 않는데요."

"뭐요?"

손채림에게 눈을 부라리는 남자.

안 봐도 뻔하다. 저렇게 겁을 줘서 의견을 말하지 못하게 하려는 거다.

보통 저런 식으로 행동하면 여자들은 겁먹고 의견을 말하지 못하니까.

하지만 손채림은 그걸 보고 피식 웃었다.

그런 게 무서웠다면 애초에 변호사 사무실에서 일하지 못했다.

"웃어?"

"웃지요. 상황이 웃기지 않습니까? 무엇도 확실하지 않았는데요."

"아니, 증인이 있잖아!"

이제는 반말을 하는 남자. 어떻게 해서든 손채림을 억누르기 위해서다.

손채림은 그런 그를 보면서 똑같이 반말을 했다. 이건 기세 싸움이다.

"증인이야 있지. 그런데 그 증인들, 다 피해자의 친구들이야. 그리고 피고인 측의 주장에 따르면 다들 학교에서 피고인을 괴롭히던 일진 패거리고."

"어따 대고 반말이야, 나이도 어린 년이?"

"네가 먼저 반말을 시작했는데 나는 하지 말라는 법 있어?"

"어린놈의 새끼가!"

"너보다는 어리지만 너보다는 똑똑할 것 같은데?"

"뭐?"

남자가 발끈하자 사람들은 당황했다. 시작부터 싸움이 날 줄은 몰랐으니까.

그리고 그게 바로 손채림이 노린 바였다.

싸움을 일으킴으로써 그의 리더십을 붕괴시키고 그녀를 동일한 힘을 가진 존재로 각인시키기 위해서.

"아이고, 그만 싸워요."

"아니, 우리 싸우자고 온 거 아니지 않습니까?"

결국 다른 배심원들이 손채림과 그 남자를 말렸다.

"너 내가 누군지 알아!"

"아까 박정남이라고 했던가? 그래서 뭐? 넌 내가 누군지 알아?"

"그건……."

"피차 모르는 사이에 그런 건 뭐 하러 물어? 아니면 나가서 대판 하게? 나도 지금 일 못 하고 나와서 디게 빡치거든? 어디 한번 대판 해 볼까?"

박정남이라고 호칭된 남자는 움찔했다.

'그럴 줄 알았다.'

이익을 위해 넘어간 건 확실하다.

하지만 그 안에 자신이 피해를 입은 가능성이 있으면 사람은 움찔하기 마련이다.

"하지만 증거가 명확하잖아!"

"그래서 증거가 뭐가 있는데?"

"아니, 사고 현장 봤잖아?"

현장에서 찍은 사진들.

그들은 그걸 봤다. 그리고 그게 함정이었다.

그들이 보기에는 '사고 현장=살인 사건'이니까.

"그게 사람이 죽은 현장인 건 맞아. 하지만 밀었다는 명확한 증거 있어? 미는 장면이 있다거나 가슴에 상처가 있다거나 하는 거 있느냐고."

"그건……."

사건 현장에 대한 증거는 많았다.

하지만 살인에 대한 증거는 증언 말고는 없었다.

박정남은 말문이 막혔다.

그는 법률적 지식이 부족한 일반인이다.

설사 있다고 해도, 그걸 구분해서 명확하게 특정할 능력은 안 된다.

'이제 남은 건 아까 그가 한 말을 모조리 부정하게 하는 거지.'

그가 반박하지 못하게 되는 순간 그의 리더십은 위협받는다.

그의 말이 부정당하면 그 순간부터 박정남은 이 사건을 끌고 가지 못한다.

"하지만 우리 가족을 생각해 보라고. 그런 놈들에게 죽었다고 생각해 봐."

'그럴 줄 알았다.'

한국은 가족이니 정이니 하는 것에 약한다.

그러니 가족을 대입하면 격분하는 부분이 있다.

노형진에게서 그런 식으로 반격이 들어올 거라 이미 이야기를 들었다.

그리고 그 파훼법 역시 이미 들어 둔 후였다.

손채림은 슬쩍 고개를 돌려서 아까 박정남에게 동조한 여자를 바라보았다.

"그래? 저기 아줌마, 혹시 아이 있어요?"

"에? 저요?"

은근슬쩍 박정남을 편들어 줬던 여자는 당황해서 물었다.

갑자기 자기한테 불똥이 튀었으니 심지가 약한 그녀 같은 타입이라면 당혹스러울 수밖에 없었다.

"왜 그러시는데요?"

"있어요? 없어요?"

"있지요."

"그러면 제가 여기서 나가서 그 애 인생 망쳐도 되나요? 제가 오늘 강제로 끌려온 데다가 진짜 빡치거든요? 어디다 화를 풀지 않으면 제가 못 버틸 것 같아서요."

"뭐야?"

"이년 미친 거 아냐?"

"아니, 당신 미쳤어?"

다들 뜨악한 표정이 되어서 말했다.

왜 본 적도 없는 사람의 인생을 망치겠다고 한단 말인가?

'간단한 거지.'

사람은 상대방에 대해 모르면 가차 없다. 어차피 남의 일이니까.

하지만 좀 아는 사이가 되면 이야기가 달라진다.

실제로 이에 대한 실험을 한 적이 있었다.

사람들을 모아 두고 기네스 기록에 도전한다며 차에 많이 들어가기를 시도했다.

물론 기네스 기록이 목적이 아니라 심리학적 실험이었는데, 처음에 그 차에는 서른여덟 명이 들어갔지만 30분간 휴식 시간을 주고 두 번째 시도했을 때는 서른두 명밖에 들어가지 못했다.

그 30분의 짧은 시간 동안 서로 대화하면서 인간적 감정이 쌓여서 자신도 모르게 밀어 넣는 힘이 약해진 것이다.

처음이라면 모를까 배심원으로 만나서 이야기한 이상 감정적 동조가 일어나지 않을 리 없다.

당연히 다른 사람들은 손채림의 말에 발끈할 테고.

그리고 그건 감정적인 부분이지만, 그걸 깨는 건 논리적인 부분이다.

"그래요? 무슨 상관이 있지요? 나랑 상관없는 일인데? 어차피 여기서 나가면 서로 안 볼 거잖아요?"

"아무리 그래도 그건 아니지. 왜 엉뚱한 사람한테 화를 풀어?"

"아무리 저 사람이랑 같은 의견이라고 해도……."

그것 때문에 협박하는 거라고 생각한 사람들이 뭐라고 하려는 찰나, 손채림이 한 말에 다들 입을 다물었다.

"남의 인생을 박살 내는 것에는 엄청 신경 쓰면서 남의 목을 자르는 건 쉽게 생각하시네요."

"뭐?"

"어차피 저분 아드님이나 오늘 피고인이나, 모르는 사이인 건 마찬가지예요. 우리가 여기서 유죄 평결하는 순간 판사가 사형을 선고할지도 모르죠. 직접 죽이지 않는다고 사람을 안 죽이는 거 아니에요. 여러분들이 직접 칼로 찌르지 않았다고 해서 사람을 죽이지 않는 건 아닙니다. 지금 여러분들은 그 사람의 목을 매달지 말지 결정하는 중이라고요. 그 정도도 생각 못 하고, 단순하게 귀찮으니까 집에 가려고 빨리 평결하겠다고요? 그 사람이 죽어서 억울하다고 귀신이 되어서 나타나면 어쩌려고요? 뭐, 굿이라도 하시려고요? 그러면 제가 용한 분을 소개해 드리고요."

다들 아무런 말도 못 했다.

'물론 대한민국은 실질적으로 사형 폐지국이지만.'

어차피 그런 건 일반 국민은 잘 모른다.

중요한 건 이들이 이번 사건이 얼마나 무거운 건지 느껴야 한다는 거다.

"우리는 지금 사람 목을 매달 수 있는 버튼에 손가락을 올려 둔 상태인 겁니다. 그 버튼을 누르는 순간 그 사람은 즉시 목매달려서 죽어요."

구체적인 그림까지 그려 주자 다들 얼굴이 사정없이 일그러졌다.

그제야 자신들의 상황이 이해가 갔기 때문이다.

'오케이. 이제 귀찮다고 쉽게 판단을 하지는 않겠지.'

손채림은 그렇게 말하면서 박정남을 바라보았다.

박정남은 확실히 당황한 눈치였다.

'이런 식으로 갈 줄은 몰랐을 테니까.'

아무리 그가 리더 노릇을 한다고 해도 생명이 걸린 거라는 걸 각인시켜 두면 사람들은 쉽게 선동되지 않는다.

그가 손채림이 자기편을 들어 줄 거라는 이야기를 들었는지 아닌지는 모른다.

아니, 모를 가능성이 높다. 미리 이야기했다면 손채림에게도 이야기했을 테니까.

하지만 그의 리더십은 흔들렸고, 이제는 제대로 이야기해 볼 분위기가 만들어졌다.

"일단 앉아서 이야기합시다."

누군가의 말에 사람들은 일단 자리에 앉았다.

그리고 의견을 주고받기 시작했다.

"아니, 유죄 아니야? 우리가 못 봤다고 해도 결국 사람은 죽었잖아."

"그럼 길을 가는데 길가의 사람이 심장마비로 죽으면 그건 길을 지나가던 사람의 잘못입니까?"

"아니, 밀었잖아!"

"그러니까 밀었다는 증거가 없잖아요!"

박정남의 말에 확실히 수긍하지 않는 사람들이 나타났다.

물론 그런 사람만 있는 건 아니었다.

"하지만 그런 식으로 살인범이 빠져나가는 건 안 좋을 것 같은데요."

"정황상 살인일 가능성이 높기는 합니다. 검사도 아까 그랬잖아요, 원한이 쌓여서 살인을 했을 거라고."

유죄 쪽으로 넘어가는 사람들도 분명 존재한다.

'이제부터는 논리 싸움이지. 그건 다행히 충분히 훈련이 되어 있고.'

논리적으로 하나씩 격파해서 사건의 진실에 다가가야 한다.

손채림은 그들을 보다가 명쾌하게 말했다.

"좋습니다. 하나씩 논리적으로 해석해 보죠."

"논리, 논리. 잘났다, 증말."

"싫어요? 그러면 감정적으로 개싸움 하든가. 아, 참고로 저 건물주입니다. 개싸움 하면 변호사 한 열 명쯤 동원할 수 있는데, 해보실래요?"

그러자 어떻게 해서든 태클을 걸려고 하던 박정남은 입을 다물었다. 켕기는 게 있으니까.

"일단 이야기는 들어 보는 게 좋을 것 같아요. 판사는 판사고 검사는 검사죠. 각자 자기 이야기만 떠들었으니 그걸 우리가 정리하기는 해야 해요. 인터넷에서 한쪽 말만 들었다가

개판 되는 건 우리 세대에게는 익숙한 일이거든요. 전 여기서 그런 실수를 하고 싶지는 않네요, 사람 목숨이 달렸는데.”

자신을 대학원생이라고 소개한 아가씨는 단호하게 선을 그었다.

‘중립이라……. 현명하네.’

여기서 중요한 건 중립을 취하는 사람이다.

배심원이 아홉 명이라는 것은 최악의 경우 다수결을 하라는 뜻이다. 홀수는 절대로 균형이 맞을 수 없으니까.

따라서 그녀가 중립을 취하면 양쪽 다 그녀를 설득하기 위해 노력할 테니, 그녀는 이 안에서 가장 핵심적인 인물이 될 수밖에 없다.

“좋습니다. 하나씩 정리해 보죠.”

그리고 논리로 하나씩 격파하는 건 노형진의 특기이고, 손채림은 지난 몇 년간 그걸 계속 보고 배웠다.

“첫 번째. 학교 폭력으로 인한 보복인가?”

“아니, 이건 살인이라니까!”

“그러니까 하나씩 분석하자니까요! 만일 반론이 있으면 제 이야기가 끝난 후에 말씀해 주세요.”

손채림의 말에 박정남은 불편한 얼굴을 하기는 했지만 달리 방법이 없었다. 틀린 말은 아니니까.

“다시 시작하죠. 첫 번째, 학교 폭력이 있었는가.”

“핵심은 그게 아닌 것 같은데.”

"아니요, 핵심입니다."

손채림은 차분하게 말했다.

"검사님은 이렇게 말했지요. 학교 폭력으로 인해 원한이 생겼다고 말이지요."

"그래서요?"

"그리고 그게 직접적 살인의 원인이라고 했습니다. 피고인 측도 학교 폭력의 피해자였다는 걸 인정했고요. 그렇지요?"

"맞지."

다들 고개를 끄덕거렸다. 그건 모두가 봤으니까.

"그런데 여기서 문제가 생겨요. 증인들. 그들은 자신들이 학교 폭력의 가해자가 아니라고 했습니다. 정확하게 말하면 '어린 시절의, 그저 애들 장난이었다.'라고 말했지요."

그건 그들이 증인석에서 한 말이다.

"여기서 문제가 발생합니다. 양쪽의 말이 충돌하는 거죠."

학교 폭력의 피해자라는 주장. 그리고 아니라는 주장.

"만일 증인들의 말이 맞는다면 살인을 할 이유가 없어집니다. 살인의 직접적 원인이 학교 폭력으로 인한 보복이니까요."

"으음……."

다들 묘한 표정이 되었다.

"그러면 그건 사고라는 거죠. 살인을 할 이유가 없으니까. 물론 다른 이유가 있을지 모르지만, 다른 이유는 이번 재판에 언급되지 않았으니까요."

"하지만 검사도 학교 폭력을 이야기했잖아요?"

"그렇지요."

검사 입장에서는 그래야만 원인을 명확하게 할 수 있으니까 당연히 그럴 수밖에 없다.

원인 없이 '그냥 죽었습니다.'라는 건 일부 묻지 마 살인밖에 없으니까.

그리고 이런 경우 그런 주장은 사고로 넘어갈 가능성이 높아져 버린다.

"그러면 다른 말이 성립되지요. 증인들이 학교 폭력에 대해 위증을 했다는 거지요."

손채림은 그 말을 한 뒤 주변의 사람들을 바라보며 차분하게 말을 이었다.

"한 번 위증했는데 두 번 위증하지 말라는 법은 없지요. 안 그래요?"

"그건 그러네요."

"위증이든가, 아니면 살인의 원인이 없든가."

애매한 상황이다.

전자라면 증인이 위증한 거고, 후자라면 살인이 아닐 가능성이 높아진다.

"이게 논리적으로 첫 번째 문제점입니다. 이 두 개의 명제가 정면으로 충돌하지요."

침묵을 지키며 생각에 빠지는 사람들.

"두 번째 문제는 바로 블랙박스에 찍혀 있는 피해자의 모습이에요."

"으윽."

사고 장면이 생각난 듯 몇몇 사람들이 눈을 찌푸렸다.

전속력으로 달려온 8톤 트럭에 치인 사람이 멀쩡하기는 힘드니까.

"그게 왜요?"

"예를 들어 보죠. 잠깐 도와주시겠습니까?"

손채림은 옆에 있던 다른 사람을 일으켜 세웠다.

"여기에 잠깐 서 주세요."

"네, 왜요?"

왜 그러는지 몰라 어리둥절한 표정으로 바라보는 남자.

하지만 다음 순간 그는 깜짝 놀랐다. 손채림이 그를 확 밀었기 때문이다.

"우아악!"

그리고 남자가 비명을 지르며 쓰러지는 순간 잽싸게 그의 손을 잡아 완전히 넘어지는 것을 막았다.

"이게 뭐 하는 짓입니까!"

남자는 발끈하며 화를 냈다. 사람을 갑자기 밀었으니까.

"미안합니다. 하지만 다른 분들이 이해하려면 명확하게 보셔야 할 것 같아서요."

"뭘요?"

"밀었다면 넘어졌으리라는 것을요."

"어?"

그랬다. 만일 밀었다면 일반적인 사람은 뒤로 넘어졌어야 했다.

"거기에다 거기는 차도와 인도 사이에 당연히 경계석이 있더라고요. 즉, 사고가 난 도로와 인도의 높이가 다르다는 거죠."

당연히 그 높이 때문에라도 넘어질 가능성은 높아진다.

"하지만 블랙박스에 찍혀 있는 피해자의 모습은 넘어지지 않고 있습니다. 두 다리로 버티고 서 있지요. 저기, 잠깐 다시 한번 도와주시겠어요?"

아까 그 남자는 주춤거리면서 일어났다.

"또 밀려고요?"

"네. 하지만 이번에는 미리 경고드립니다. 제가 미는 자세를 취할 테니 그걸 피해서 뒤로 뛰어 보세요. 셋에 밀겠습니다. 하나, 둘, 셋!"

손채림은 남자의 가슴팍을 손으로 확 밀었다.

그러자 미리 준비하고 있었던 남자는 타이밍에 맞춰 뒤로 펄쩍 뛰어서 피했다.

"좋습니다. 잠깐만 그 자세로 계세요. 보다시피 이런 경우 균형을 잡기 위해 한 발은 앞으로, 한 발은 뒤로 갑니다. 그리고 피해자가 마지막에 취하고 있던 자세가 딱 이랬지요."

"그러네요."

"맞네."

그는 마치 뭔가를 피하는 것 같은 자세를 잡고 있었다.

"그건 일반적인 사람 기준으로 한 거고요. 운동신경이 좋은 사람은 밀쳐져도 버틸 수 있습니다."

박정남의 말엔 손채림은 고개를 끄덕거렸다.

"확실히 그럴 수 있습니다. 하지만 한 가지만 확실하게 합시다. 우리는 피해자의 운동신경에 대한 아무런 정보도 없습니다. 그가 운동을 했는지도 모르고 평소에 운동신경이 어땠는지도 모릅니다. 그렇다면 일반적인 운동신경을 기준으로 판단해야 합니다."

박정남은 눈을 찌푸렸다.

"그런 식으로 따지면 끝이 없어요."

"사람 목숨 하나 결정하는 일을 얼마나 쉽게 하려고요?"

손채림의 말에 그는 아무런 말도 못 했다.

"오늘 재판은 쉽지 않을 겁니다. 평결을 최대한 만장일치로 해야지요."

손채림은 그렇게 말하면서 박정남을 바라보았다.

하지만 쉽지는 않을 것 같았다.

이럴 거면 왜 불렀니?

사건에 대한 토론은 계속 이어졌다. 하지만 상황이 영 쉽지 않았다.

"논리적이라고 해도 그다지 논리적인 건 아니네."

"아니, 아까도 말했잖습니까? 일반적인 경우는 그렇다고요."

"아니, 세상에 예외가 얼마나 많은데?"

"그걸 다 대입하면 기준이 어디 있겠습니까?"

"억울한 사람을 만들지 않는 게 법이라며? 그럴 거면 예외도 인정해야지."

손채림은 머리가 지끈거렸다.

'이놈 이거 아주 작심했네. 도대체 얼마나 받기로 한 거야?'

회의는 계속 진행되고 있었다.

아홉 명의 배심원 중에서 세 명은 유죄를, 다섯 명은 무죄를 주장하고 있었다.

'다수결로는 이쪽이 유리하기는 한데.'

하지만 기본적으로 배심원 제도는 만장일치를 추천한다.

다수결이 안 되는 건 아니지만 그런 경우는 판사가 끼어들어서 설명을 해 줘야 한다.

'문제는 판사도 넘어갔을 가능성이 높다는 거지.'

그러면 도리어 지금과 반대로 무죄를 주장하는 쪽이 소수가 될 가능성이 높다.

판사가 와서 그쪽으로 설명해 줄 테니까.

'사건 자체는 너무 단순해. 변호사도 당연히 의뢰인을 배신했다고 봐야 할 테고 말이야.'

손채림은 아까 인터뷰할 때를 생각했다.

출석한 배심원 후보 중에서 검사와 변호사는 대상을 골라야 한다.

그런데 아무리 봐도 변호사는 고른다기보다는 찾는 듯한 느낌이었다.

'배심원을 고를 권한은 변호사에게도 있지.'

배심원을 고를 때는 그 숫자를 맞춰야 한다.

가령 지금같이 아홉 명이 들어간다고 하면 그중에서 변호사는 네 명을 골라내서 배제할 수 있다.

검사도 마찬가지다.

사실 변호사는 손채림을 걸렀어야 했다. 슬쩍 피해자에게 유리하게 말했으니까.

하지만 그걸 들었음에도 변호사는 그녀를 걸러 내지 않았다.

'포섭보다는 협박인가?'

그럴 가능성이 높다. 변호사까지 포섭할 정도면 그게 의미하는 건 하나뿐이다.

'그 말 자체가 결국은 무죄를 입증할 가능성이 높다는 말이지.'

무죄가 아니라면 그렇게까지 협박을 할 이유는 없다.

애석하게도 자신 있게 권력자, 그것도 정당과 싸울 수 있는 변호사는 거의 없을 테니까.

"뭘 그렇게 생각하세요?"

"네? 아니에요."

손채림은 대학원생의 말에 고개를 흔들며 정신을 차렸다.

'집중하자, 집중.'

정황상 그리고 증거상 이 사건의 피고인은 무죄일 가능성이 높다.

그를 돕기 위해서라도 어떻게 해서든 여기서 이겨야 한다.

"현장에 다른 증인이 있었던 것도 아니지 않습니까?"

"그게 문제입니다. 불확실할 때는 피고인의 이익으로. 그게 법률의 규칙입니다. 당장 이번 사건에서는 모든 것이 불확실합니다. 증인이라고 있는 사람들은 신빙성에 의심이 가는 상황이고요. 더군다나 구호의 문제도 있습니다."

"구호?"

"이 기록을 보세요. 사건 당시에 증인들은 당황해서 도주했다고 되어 있습니다."

그 당시 사건이 벌어지자 증인들은 당황해서 도망갔다고 한다.

"그게 말이나 됩니까, 자기 친구가 차에 치였는데?"

"그건 증언을 하지 않았습니까? 주영우가 자신들도 죽일까 봐 두려워서라고요."

"그게 더 말이 안 되죠. 그냥 교통사고잖아요?"

무기를 들고 찌르거나 때린 것도 아니다.

설사 진짜로 살인을 했다고 해도, 그저 도로 쪽으로 밀어낸 것이 끝이었다.

"그런데 뭐가 두렵습니까? 더군다나 그들은 학교 폭력의 가해자 출신들인데요. 상대방은 피해자고. 두려워할 리가 없지요."

학교 폭력의 가해자들이 피해자가 두려워 차에 치인 친구를 두고 도망간다?

"그게 상식적으로 말이 안 된다고요."

"기왕 이렇게 된 거, 막나가자고 생각해서 피고인이 위협했을 수도 있지요."

"물론 그랬을 수도 있지요. 하지만 경찰 조서에서도 확인할 수 있지만 그 당시 주영우는 비무장이었습니다. 가진 물건은 고작 삼각김밥 세 개랑 계란 한 판이었어요. 설마 그게 무서워서 성인 남자 세 명이 도망갔다고 생각하세요?"

말도 안 된다. 성인 남자 세 명이면 충분히 비무장인 주영우를 제압할 수 있다.

"더군다나 여기 구급대원의 보고서에 따르면 사고 직후 세 사람은 도주했고 남아서 구호 활동을 한 건 주영우뿐입니다."

주영우는 그 상황에서 자신의 옷을 찢어서 출혈을 막고 정신 차리라고 소리를 지르며 피해자를 살리기 위해 노력했다.

그게 블랙박스에 찍혀 있는 장면이었다.

"원한을 가지고 고의로 살인을 한 사람이 피해자를 살리기 위해 노력하는 경우가 얼마나 되겠습니까?"

"순간 후회했을 수도 있지요. 사람을 죽인다는 게 쉬운 결정은 아니지 않습니까?"

"그럴 수도 있지요."

실제로 그런 사람들도 있기는 하다.

"하지만 그런 것치고는 너무 절박하지 않습니까? 그리고 애초에 원한을 가지고 살인을 했는데 계기는 우연히 만난 것뿐입니다."

사고 현장은 주영우의 집으로 가는 길이다.

피해자인 조호국과는 아무런 관련도 없는 곳이다.

"심지어 그곳에는 유흥가도 없지요."

"그래서요? 그게 무슨 관계가 있죠?"

"조호국이 거기를 일부러 찾아갔을 가능성도 존재한다는 거죠."

"일부러 찾아간다?"

"네."

분명 조호국과 그 친구들은 술에 취해 있었다.

그리고 그곳에서 주영우를 만나서 괴롭혔다.

"그런데 거기에 조호국이 갈 이유가 없어요."

조호국이 죽었기 때문에 그거에 신경 쓰는 사람은 없었지만, 엄밀하게 말하면 그 상황 자체가 말이 안 된다.

"피고인이 피해자를 원한 때문에 죽이려고 한 거라면 피해자를 직접 찾아갔어야 정상이에요. 하지만 단 한 번도 찾아간 적이 없지요."

도리어 대부분의 학교 폭력 피해자들은 가해자들을 극도로 피한다.

"하지만 많은 학교 폭력 가해자들이 제정신을 못 차리지요."

학교 폭력을 할 때는 미성년자일 수밖에 없다. 당연하게도 그때는 청소년 보호법의 보호를 받는다.

그래서 영악한 놈들은 성인이 되는 순간 딱 손을 씻어 버리지만, 대부분의 학교 폭력 가해자들은 그런 걸 모른다.

자신이 법 위에 있고 어차피 상대방은 신고나 보복을 하지 못할 거라 생각한다.

실제로 그렇게 학습되어 있기 때문이다.

신고를 해도 경찰은 풀어 주고 선생님도 모른 척하는 게 현실이니까.

만일 신고했다고 하면 끌고 가서 개 패듯이 패며 보복해도 학교에서는 별말 하지 않기 때문에 그게 당연한 줄 안다.

"하지만 대부분 그 개 같은 버릇을 못 고치죠."

사실 만 18세가 넘으면 법적으로 성인이지만 그걸 확실하게 이야기해 주는 곳은 없다.

그래서 대부분의 학교 폭력 가해자들은 성인이 되어도 그다지 바뀌지 않는다.

그들이 바뀌는 시점은 대부분 군대다. 군대에서는 학교처럼 물렁하게 하지 않으니까.

"그러니까 제 생각에는, 현 상황에서 가장 현실적인 가능성은 이거예요. 피해자와 증인들은 다른 곳에서 술을 먹다가, 과거의 버릇을 고치지 못해서 피고인을 찾아가 괴롭힐 생각으로 그곳에 갔고, 사건이 벌어졌다는 거죠."

그렇다면 정황상 살인이라는 것이 벌어질 가능성은 낮아진다.

"원한 때문에 즉흥적으로 벌어진 살인이라고 하지 않습니까?"

"그러니까 그 살인을 증명할 방법이 없다니까요."

끝도 없이 달리는 평행선. 다들 지친 얼굴이었다.

그럴 수밖에 없다. 현재 시간이 벌써 저녁 9시 40분이니까.

'아오, 죽겠네.'

손채림도 죽을 맛이었다.

경험해 보고 싶기는 했지만 이렇게 오래 걸릴 줄은 몰랐으니까.

재판이 시작된 것은 오전 11시였다.

그런데 그 이후에 이 좁은 방에서 계속 평행선을 달리고 있으니 문제였다.

"그냥 다수결로 가죠."

결국 누군가 질렸다는 듯 말했다.

평행선을 달리는 의견은 맞출 방법이 없으니까.

손채림은 손채림대로 무죄를 주장하고 박정남은 박정남대로 유죄를 주장한다.

"그건 안 됩니다."

"거봐요. 저거 켕기니까 저러는 거야. 판사님이 오면 논리에서 깨질 게 뻔하니까."

"그게 아니지 않습니까?"

애초에 판사가 부당할 게 뻔한 상황에서 그에게 조언을 얻을 수는 없는 노릇이다.

"사람 목숨이 달려 있는데 허투루 할 수는 없다는 소리예요."

"그냥 판사 부릅시다. 의견 듣고 여기서 다수결로 끝내죠. 그래야 집에 가죠."

"끄응……."

이것이 법이다

손채림은 걱정이 앞섰다.

'이러면 곤란한데.'

지금 배심원들은 죄다 지쳤다.

한국 배심원 제도는 외국 배심원 제도와 다르다.

미국 같은 경우는 이런 사건은 일단 숙박을 시켜 주면서라
도 토론을 할 수 있게 해 주지만 한국은 일단 여기에 들어오
면 끝나기 전에는 못 나간다.

'더군다나 회사나 가게를 며칠씩 비울 수 있는 것도 아니고.'

인간은 결국 이기적인 동물이다.

지금이야 아까 손채림이 사람 목숨 운운해서 집중하고 있
지만, 현실적으로 봤을 때 자신에게 피해가 온다고 생각하면
사람들은 될 대로 되라는 식으로 움직일 가능성이 높아진다.

'그리고 판사는 거기에 쐐기를 박을 테고.'

결국 재판은 확실하게 질 것이다.

"네, 그만해요. 우리도 내일 회사에 가야지요."

"다시 한번 이야기해 봅시다, 논리적으로."

"뭘 놈의 논리를 따져요."

그때 심지 약한 여자가 박정남을 거들고 나섰다.

"맞아요. 그냥 빨리 끝내고 갑시다. 점심때도 그런 이야기
했잖아요."

"점심?"

손채림은 순간 고개를 갸웃했다.

'그럴 리가?'

애초에 재판을 시작한 게 11시다.

그리고 12시 살짝 넘어서 휴정을 하고 점심을 먹고 1시가 좀 넘어서 재판을 다시 시작했다.

그사이에 누군가와 이야기해 본 기억이 없었다.

손채림이 모르는 눈치이자, 여자가 재차 입을 열었다.

"점심때 그랬잖아요. 어차피 유죄인데, 살인범 새끼 때문에 시간 끌지 말고 가자고. 안 그랬어요?"

"누가요?"

"그건……."

방금 입을 연 여자의 시선이 박정남에게 향했다.

"지금 이상한 이야기를 들은 것 같은데."

그러자 박정남이 당황한 듯 눈을 슬쩍 돌렸다.

"아니, 그게 뭐 어때서? 시간 끌어 봤자 서로 피곤하니까 빨리 끝내고 가자고 한 거지."

"아, 그랬다?"

손채림이 피식 웃었다. 갑자기 기운이 빠지는 느낌이었다.

'이런 멍청한 새끼. 이래서 형진이가 몇 번이나 경고를 해 준 거였나?'

돈을 얼마나 받았는지 모르지만 박정남은 너무 열성적으로 덤볐다. 그게 그의 실수였다.

"저는 그런 말 못 들었는데요."

"뭐, 시간이 얼마나 된다고. 점심시간이라고 해 봐야 긴 것도 아니었고."

"그래요?"

대충 이해가 갔다.

딱 봐서 만만한 이미지의 사람들을 포섭하려고 했을 것이다.

'어쩐지 이상하다 싶었어.'

들어오자마자 극단적으로 유죄를 주장했다.

정상적인 상황이라면 그런 말을 해서는 안 된다.

더 말이 안 되는 건 다른 배심원들 중 일부가 동조했다는 거다. 상식적으로 그런 말에 그렇게 동조하는 것은 정상적이지는 않다.

말하자마자 동조? 허수아비도 그 정도는 아닐 것이다.

사전에 언질이 없었다면 말이다.

손채림은 길게 심호흡을 했다.

"혹시 점심에 이야기를 나누신 분?"

"그건 왜요?"

"그게 중요해요? 그냥 빨리 끝내고 가요."

짜증스럽게 말하는 사람들.

"중요합니다."

"얼마나 중요한 거죠?"

여학생은 손채림이 돌변하자 조심스럽게 물었다.

"여기서 누군가는 감옥에 가야 할 만큼요."

사람들의 표정이 딱딱하게 굳었다.

누군가를 감옥에 보내자고 모였지 감옥에 가기 위해 모인 게 아니었으니까.

"그게 무슨 말이에요? 감옥이라니?"

"이거 심각한 규정 위반이거든요."

배심원이 피해야 하는 것은 예단이다.

그래서 배심원으로 확정되기 전까지는 사건에 대해서도 말해 주지 않는다.

"또한 평결에 들어가기 전까지는 사건에 대해서도 말하는 게 금지되어 있지요. 아까 후보로 선발되었을 때 경고를 들었을 텐데요?"

"그거야……."

분명히 들었다.

하지만 대부분의 경우 그냥 의례적인 경고로 생각한다.

어차피 평결에 들어가면 계속 그 이야기만 할 건데 조금 먼저 이야기하는 게 뭐가 잘못이냐고 생각한다.

"하지만 그건 아주 중요한 일이지요."

평결도 하기 전에 누군가 부정적 이미지를 박아 버리면 그들은 평결에서도 부정적으로 움직일 수밖에 없게 된다.

"거기 두 분. 두 분 다 점심시간에 이야기를 들은 분들 맞지요?"

"어…… 그건 그런데……."

"그렇기는 하지요."

박정남의 편을 들어 주던 사람들은 고개를 끄덕거렸다.

"언제부터 유죄라는 생각을 했나요?"

"그러니까 대충 점심 먹고?"

생각을 하던 그들은 움찔했다.

생각해 보니 그랬다.

점심 먹기 전에는 아무 생각 없었다.

하지만 점심 먹고 나서 유죄라는 생각이 강해졌다.

"박정남 씨, 점심시간에 이야기했다고요?"

"아니, 뭘 그걸 가지고 그래. 어차피 할 거……."

"어차피 할 게 아니죠. 어떤 아동 강간범이 그랬다죠? 어차피 나중에 남자랑 할 거 뭐 어떠냐고?"

"뭔 말을 그렇게까지 하는 거야? 내가 누구에게 피해를 준 것도 아니고."

"누군가를 죽일 수도 있었지요."

손채림은 차분하게 일어났다.

그들이 그렇게 나가고 싶어 한다면 소원대로 보내 주면 된다.

물론 그들이 원하는 방식은 아닐 테지만 말이다.

그녀는 바깥에서 기다리는 법원 직원을 불렀다.

"여기요."

"네?"

"평결을 이대로 진행하지 못할 심각한 사유가 있습니다."

"심각한 사유요?"

"네, 한 명이 사전에 확신을 가지고 점심시간에 다른 배심원들을 설득했다네요."

직원은 황당하다는 표정이 되었다.

"그 말이 사실입니까?"

"네, 다른 배심원들의 증언이 있었습니다."

"잠시만요. 사람을 불러오겠습니다."

"어어?"

"이게 무슨 일이야?"

다들 당황해서 어쩔 줄 몰라 했다.

손채림이 이렇게 극단적으로 나올 줄은 몰랐기 때문이다.

'나야 땡잡았지. 날밤 새우는 줄 알았는데 다행이다.'

안 그래도 박정남 때문에 문제가 해결되지 않는 상황이었다.

그런데 지금 박정남이 자폭을 했다.

너무 열정적으로 일해서 말이다.

'이야, 열혈남이 마냥 좋은 건 아니라니까.'

손채림이 기다리는 사이 몇몇 사람들이 왔다.

"지금 보고받았습니다."

재판장의 얼굴에는 당혹감이 짙게 서려 있었다.

그 이유가 뭔지는 알 수 없었지만 말이다.

"그 말이 사실입니까? 사전에 설득 작업이 있었습니까?"

"그렇습니다. 이분이 여기 두 분과 점심시간에 만나서 사전 설득을 했다고 하네요."

"으음……."

판사는 무거운 표정으로 박정남을 바라보았다.

"아니, 판사님, 이건 그러니까…… 제가……."

박정남은 어쩔 줄 몰라 했다. 이런 상황이 될 줄은 몰랐으니까.

'경고가 왜 경고인지 모르는 모양이네.'

그래서 손채림은 평결에 들어올 때까지 사람들 이름도 제대로 몰랐다. 대화 자체도 하지 않았으니까.

그런데 그걸 대놓고 무시하다니.

이런 경우 재판부가 선택할 수 있는 카드는 하나뿐이다.

더군다나 법에 대해 잘 아는 손채림이 있다면 더더욱 말이다.

"박정남 씨, 죄송하지만 박정남 씨를 배심원에서 해임하겠습니다."

"네?"

배심원에서 해임한다는 말에 박정남은 당황했다.

"그런 게 어디 있습니까?"

"이건 배심원으로서 중요 결격사유입니다. 배심원은 철저하게 중립적이야 합니다."

그래서 배심원이 되기 위해서는 보편적인 사람들을 뽑는다.

심지어 공무원은 배심원으로 활동하지 못한다.

영향을 줄 만한 위치에 있으면 애초에 걸러지는 것이다.

"아니, 내가 지금까지 얼마나 노력했는데……."

"노력할 게 뭐가 있습니까? 노력이라는 건 어떤 목적을 위해 움직이는 겁니다. 우리가 할 건 노력이 아니라 정확한 판단을 내리는 겁니다."

손채림의 말에 박정남은 입을 다물었다.

판사는 그런 그에게 축객령을 내렸다.

"나가십시오."

"끄응……."

박정남은 어쩔 수 없다는 듯 짐을 들고 바깥으로 나갔다.

"예비 배심원분을 모시고 오세요."

판사는 차갑게 말했다.

모든 배심원들은 선정되면 끝이 아니다.

만일에 대비해서 예비 배심원이 한 명씩 대기하게 된다.

그들은 지금 같은 상황이 벌어지거나 배심원의 건강이 급격히 나빠지는 경우와 같은 비상시에, 대리해서 그 자리를 채우게 된다.

손채림은 그가 들어오고 판사와 직원들이 나가자 씩 웃었다.

"자, 그러면 이제 다시 시작할까요?"

그 이후에는 일사천리로 진행되었다.

이것이 법이다

자신이 박정남에게 놀아났다는 걸 안 다른 사람들도 쉽게 자신의 주장을 꺾었기 때문이다.

그리고 결과는 만장일치로 결정되었다.

"으음……."

판사는 배심원들이 준 쪽지를 보고 신음을 냈다.

한국은 영화에서처럼 배심원이 일어나서 결과를 이야기하지 않는다.

"판결하겠습니다."

판사는 잠깐 고민하는 듯하더니 천천히 입을 열었다.

"국민 참여 재판 위원들의 결정은 무죄!"

"와!"

주영우의 얼굴에는 그 순간 환한 미소가 떠올랐다.

그 순간 손채림은 그를 보지 않았다. 그 대신에 변호사와 검사의 얼굴을 봤다.

'역시나.'

표정이 달랐다. 검사는 씁쓸한 미소를 짓고 있었다. 뭔가를 안다는 듯 말이다.

심지어 변호사조차도 안도하거나 함께 즐거워하지 않았다. 왠지 자포자기한 얼굴이었다.

'역시 예상대로군.'

손채림 역시 씁쓸한 기분이 들었다.

하루 종일 피고인 주영우의 무죄를 위해 싸웠다.

하지만 노형진은 그녀가 재판에 들어오기 전에 미리 경고를 했다. 그 모든 게 헛수고일 것이라고.

물론 그런다고 해서 그녀가 노력을 하지 않을 것은 아니었지만 말이다.

그리고 노형진의 그러한 판단은 정확했다.

"하지만, 재판부의 판단은 유죄입니다."

"네? 그게 무슨 말이에요, 재판장님? 잠깐만요. 무죄라면서요? 무죄라고 하셨잖아요!"

주영우는 울면서 절규했다.

방금 무죄라는 말을 듣고 천국으로 가는 것 같았다.

그런데 단 1분도 안 되는 짧은 순간 그는 지옥으로 떨어졌다.

하지만 그를 지옥으로 밀어 넣는 말은 계속되고 있었다.

'날카로운 세 치 혀가 사람을 죽이는 법이지.'

그리고 판사는 지금 세 치 혀로 주영우를 난도질하고 있었다.

"피고인은 사람을 고의로 살해하고도 일말의 반성도 없었던 점, 그리고 피해자 가족들에게 어떠한 배상도 이루어지지 않았던 점……."

계속해서 이루어지는 날카로운 난도질.

그리고 마지막 말은 주영우의 모든 생기를 앗아 갔다.

"이러한 극악한 범죄를 처벌하지 않고는 사회정의를 구현하지 못하는 바, 본 재판부는 피고인 주영우에게 사형을 선고한다."

"아니야!"

주영우의 비명에 손채림은 허탈한 표정으로 씁쓸한 미소만을 지을 수밖에 없었다.

⚖

"어떻게 생각하십니까?"

"뻔하지. 답은 나와 있던 것 아니겠는가?"

노형진과 김성식의 말을 들은 손채림은 완전히 기운이 빠진 얼굴로 말했다.

"그래도 최소한의 정상참작은 해 줄 줄 알았어요."

"보복 재판에는 그런 게 없다네."

김성식은 차분하게 말했다.

그런 재판이야 널리고 널렸다.

노형진도 수긍한다는 듯 고개를 끄덕거리면서도 기가 막힌 표정을 살짝 지었다.

"그래도 사형은 좀 심하네요."

"뭐, 아예 가석방의 가능성조차도 막고 싶은 것이겠지."

사실 한국의 국민 참여 재판은 강제력이 없다.

당연하게도 배심원들이 무죄를 내려도 재판부는 마음대로 판결할 수 있다.

물론 그런 경우 그 이유를 주문에 적어야 한다.

"하지만 판사들이 그런 걸 만들어 내는 거야 어려운 일이 아니고."

그걸 이상하게 적는다고 해서 배심원이 뭐라고 할 수 있는 것도 아니니까.

물론 항소를 할 수는 있지만 어차피 선고가 유죄라면, 특히나 사형이라면 100% 항소할 수밖에 없다.

그래서 노형진이 손채림에게 미리 경고한 것이다, 어차피 모든 것이 헛고생일 것이라고.

"이미 답은 정해져 있고 넌 거기에 맞추면 된다, 이거였던 거군요."

"그랬겠지."

손채림은 힘이 쭉 빠진 목소리로 말했다.

물론 그런 경우가 있다는 걸 듣기는 했지만 직접 보고 나니 세상에 믿을 게 없었다.

"확실히 이번 사건은 좀 말이 안 되기는 해요. 제가 법의 처벌을 강화해야 한다는 주장을 하는 사람이기는 하지만 살인 한 건에 사형이라니 기가 막히네요."

노형진 역시 이번 사건에 대해 이해가 안 간다는 듯 말을 꺼냈다.

일가족을 참살한 살인범에게도 징역 20년이다.

설사 이 살인이 진짜라고 해도, 한 건의 살인에 사형이라는 것은 법원에서 내린 양형 규정 따위는 아예 쓰레기통으로 처박는 행위다.

"어차피 예상하지 않았나?"

"그렇기는 하지만요."

이런 경우는 살인보다는 자기방어를 하다가 벌어진 과실치사에 가깝다.

그런데 검사는 살인으로 콕 짚고 들어갔다.

더군다나 이런 사건의 변호사라면 당연히 정당방위를 주장했어야 했다.

일단 학교 폭력의 범죄 기록이 있으니까.

하지만 변호사는 그걸 주장하지 않았다.

아니, 못 했을 가능성이 높다.

"아마도 재판부에서는 무난하게 평결에서 유죄가 나올 거라 생각했을 겁니다."

"손채림이 변수였어."

김성식의 말에 손채림은 양손으로 머리를 감싼 채 엎드렸다.

"변수면 뭐 해요, 결국 뻘짓이었는데."

결국 그들은 배심원의 의견을 받아들이지 않았으니까.

"사형은 집행되지 않겠지만 이제 세상으로 나올 수도 없겠군."

사형수는 형이 집행되기까지 대기하는 기결수다. 당연히 감형의 대상도 되지 않는다.

그는 죽는 순간까지 감옥에서 살게 될 것이다.

"복수치고는 좀 잔인하네요."

"복수도 아니지. 그냥 화풀이야."

만일 진짜 주영우가 밀었다면 그건 복수라고 할 수 있었을 것이다.

하지만 주영우는 조호국을 민 적이 없을 가능성이 높다.

즉 스치지도 않았다는 거고, 그가 한 거라고는 제자리에서 봉지를 휘두른 것뿐이다.

그러니까 이건 복수가 아니라 엉뚱한 사람에게 화풀이를 하는 것이다.

"일단은 제가 나서야겠지요?"

"이제야 말인가?"

"국선변호인이 나서서 그를 변호해 줄 리 없지 않습니까?"

물론 일단 주영우의 국선변호인이 항소를 하기는 했다.

하지만 그가 이번 사건을 계속할 의지는 없어 보였다.

1심에서도 이 지경이었는데 2심이라고 제대로 하겠는가?

"결국 누군가는 나서야지요."

"쉽지는 않을 거야. 물론 자유신민당이 대놓고 모습을 드러내지는 않겠지만."

"압니다. 그러니까 할 만하지 않겠습니까?"

노형진은 어깨를 으쓱하며 말했다.

"아니, 애초부터 네가 나서면 안 되는 거였어?"

"뭐, 그래도 되기는 했지."

그랬으면 이렇게 터무니없는 판결은 나지 않았을 것이다.

"하지만 그랬다면 최대가 감형이야. 무죄가 아니라."

"그러면 이번에는 무죄라도 나온다는 거야?"

"그래. 이번에는 무죄가 나올 거야."

"어째서?"

노형진이 씩 웃었다.

"이번에는 네가 있잖아, 후후후."

⚖

주영우는 반쯤 혼이 나가 있었다. 그럴 수밖에 없을 것이다. 자신은 명백하게 사형수가 되었으니까.

"그래서 민 적이 없다고요?"

"크흐흐흐…… 민 적 없어요. 그 새끼는 제 손이 자기 몸에 닿는 것도 싫어했어요."

농담이 아니다.

학교 폭력 당시에 저항하다가 조호국의 얼굴에 주영우의 주먹이 닿은 적이 있는데, 더러운 새끼의 손이 닿았다고 그를 산으로 끌고 가서 묶어 두고 몽둥이로 팼다고 한다.

"학교에 이야기는 했었나요?"

"했지요. 하지만 졸업하면 안 볼 테니까 조금만 참으라는 말뿐이었어요."

물론 그건 개소리였다.

졸업하면 안 보기는커녕 같은 고등학교로 갔고, 심지어 고등학교 졸업한 후에도 집 앞으로 여러 번 찾아왔다고 한다.

'학교 폭력으로 제대로 학업도 못 마치고.'

결국 주영우는 학교 폭력 때문에 대학에 진학도 못 했다.

그저 편의점에서 알바 하면서 폐기로 먹고사는 처지가 되었다.

"자주 찾아왔다고요?"

"네, 흑흑흑."

하지만 국선변호인은 그에 대해 말하지 않았다.

결국 정해진 답이라는 거다.

"변호사님, 저 죽기 싫어요. 제발 살려 주세요. 네? 제가 진짜 뭐든 다 해 드릴게요. 제가 지금 돈이 없어요. 하지만 열심히 벌어서, 10년이든 20년이든 벌어서 갚을 테니까…… 제발…… 흑흑……. 제발 살려 주세요…….."

노형진을 붙잡고 오열하는 주영우.

"걱정하지 마십시오. 제가 이 사건을 뒤집을 테니까요."

노형진은 차분하게 말했다.

"당신은 제가 구하겠습니다."

⚖️

노형진이 사건을 전담하게 된 후에도 딱히 연락이 오거나 하지는 않았다.

"당연한 건가?"

전에 사건을 담당한 사람은 그저 한 명의 국선변호인이었다. 그러니 자유신민당의 압력을 이길 수 있었을 리 없다.

"자네한테 연락해서 손 떼라고 했다가 뭔 꼴을 당하려고."

김성식은 피식하고 웃었다.

"하긴 그렇겠네요."

노형진이 초보 변호사일 때, 그리고 새론이 작은 곳일 때에는 이런 식의 압력이 분명히 있었다.

하지만 노형진과 새론은 압력에 굴하는 대신에 그들을 작살내는 선택을 했다. 당연하게도 지금은 새론에 압력을 행사하려고 하는 미친놈들은 거의 없다.

있다고 해도 물정 모르는 어쭙잖은 부자들이나 좀 있을 뿐.

"그 대신에 재판부와 검사 쪽에 힘을 주겠지."

"그럴 겁니다. 검사 쪽이야 뭐 할 수 있는 게 없으니까 재판부에 공을 많이 들이겠네요."

검사의, 아니 검찰의 항소 이유는 당연히 처벌이 약하기 때문이다.

문제는 이번 경우는 사형이 선고되었다는 것이다.

당연하게도 사형보다 더 강한 처벌은 한국에 존재하지 않는다.

그래서 이번에 항소한 것은 피고인 주영우뿐이었다.

'확실히 기억 속에서 그날 밤에 민 기억은 없어.'

농담이 아니다.

그가 손을 잡아 왔을 때 노형진은 그 기억을 읽을 수 있었다. 그는 자신이 왜 죽어야 하는지, 그날을 수십 번 수백 번 곱씹었다.

그 때문에 찾을 필요도 없었다.

오로지 그날 밤의 기억뿐이었으니까.

"그나저나 이번에 자네가 무죄를 받아 낼 수 있다고 했는데 방법이 있나? 저쪽에서는 이미 2심에 대비해서 관리가 들어갔을 텐데."

"압니다. 당연히 관리하겠지요. 하지만 그들이 관리하지 못하는 쪽을 치면 됩니다."

"그게 어딘데?"

"그건 비밀이지요."

노형진은 어깨를 으쓱했다.

"일단은 현장부터 가 봐야겠네요. 사진만으로는 현실을 알 수 없으니까요."

사건은 현장에서부터 시작이었다.

⚖

"여기란 말이지."

노형진은 사건 현장으로 왔다. 그리고 그곳에서 주변을 둘러봤다.

"CCTV도 없고, 블랙박스도 없다."

물론 다른 차들에 블랙박스가 있기는 했다.

하지만 애석하게도 여기에 주차된 차들은 상시 녹화 기능이 없었다.

충격 시 녹화 기능은 있었지만 불행히도 그날 충격은 없었다. 피해자인 조호국이 인도에서 뒤로 펄쩍 뛰어서 피하려다가 사고가 났기 때문이다.

"멍청한 병신 새끼."

노형진은 한심스럽다는 듯 고개를 흔들었다.

"작작 하지."

도로변에 주차된 차. 그리고 그 너머로 튀어나온 조호국.

이 상황이 뜻하는 건 간단하다.

이 멍청한 놈이 오버했다는 것이다.

만일 정상적으로 피할 생각이었다면 그렇게 멀리 뛸 필요는 없었을 것이다.

당장 차 사이로 튀어 나갔다는 것 자체가 차의 폭만큼을 뛰었다는 건데, 아무리 싸움이 벌어진 곳이 인도의 가장자리라고 해도 그 정도 뛰는 건 쉬운 게 아니다.

"뻔하지."

대충 보니 그림이 나왔다.

상대방이 절망적으로 저항하는 걸 보고 낄낄거리면서 오버하며 뒤로 확 뛰었을 것이다.

그래야 놀리는 재미가 있을 테니까.

그리고 그걸 입증할 말이 있다.

피해자인 조호국이 한 말, '아이고, 무서워라.'.

물론 진짜로 무서워서 그런 게 아니다.

저항하는 주영우를 놀리기 위해 그런 말을 했을 것이다.

그렇게 오버하면서 뒤로 주춤거리며 물러나다가 펄쩍 뛰었고, 그 바람에 너무 멀리 뛰어서 차의 폭을 넘어 도로로 나갔을 것이다.

그리고 달려오던 트럭에 치였고 말이다.

"대충 상황은 알겠는데 말이지."

문제는 이걸 어떻게 입증하느냐다.

1심에서 배심원으로서 싸워 봤지만 결국 그들은 정해진 답을 바꾸려고 하지 않았다.

'언론사를 써 볼까?'

이 문제의 핵심은 주변에 알려지지 않았다는 것이다.

아무리 자유신민당이라고 해도 돈 좀 아끼겠다고 사건을 조작하는 것을 외부에 보여 주지는 않을 테니까.

'문제는 조작인 걸 증명할 수가 없다는 거지.'

그가 언론에 이야기할 수는 있다.

문제는 조작인 걸 증명할 수 없다는 거다.

당연하게도 그걸 가지고 정당에서 압박을 가한다면 계획과 다르게 조작이 아니라 살인이 메인이 될 것이다.

　'그러면 재판을 뒤집기는 더 힘들어질 테고.'

　결국 노형진은 질 수밖에 없다.

　안 그래도 정당과 싸우는 게 부담스러운데 여론까지 등을 돌리면 아무래도 불리한 건 그다.

　'증거도 없이 터트릴 수도 없고.'

　더군다나 사람들은 법원에 최소한의 양심은 있을 거라고 믿고 있다.

　일을 제대로 못하기는 하지만 살인까지 거짓말을 하지는 않을 거라고 생각한다.

　하지만 현실은 그렇지 않다.

　이권이 달리면 그들은 살인이 아니라 국가 전복 행위나 간첩 행위도 기꺼이 만들어 낸다.

　"결국 하나씩 깨부숴야겠군."

　그리고 그걸 가지고 하나씩 답을 찾아야 했다.

⚖️

　"친애하는 재판장님, 이번 사건에서 1심은 명확하지 않은 증거를 무리하게 해석했습니다."

　노형진은 그렇게 말하면서 검사를 바라보았다.

검사는 그다지 의욕이 없어 보였다. 하긴 사형까지 선고된 상황에서 뭘 어떻게 하기는 그러니까.

"재판장님, 1심 재판부는 법리와 증거를 오인하여 해석하지 않았습니다."

"과연 그럴까요? 이 블랙박스 영상을 봐 주시기 바랍니다."

1심에서 나왔던 문제. 어떻게 밀었는데 뒤로 훌쩍 뛰어넘느냐 하는 것이었다.

정확하게는 법원이 아니라 배심원들 사이에서 오간 말이지만 말이다.

"검찰은 피고인 주영우가 피해자 조호국을 밀었다고 했습니다. 하지만 사건 당시의 블랙박스에서 보다시피 조호국은 밀린 것치고는 아주 능숙하게 자세를 잡았습니다. 정상적으로 밀린 경우라면 뒤로 나뒹굴거나 주춤주춤 물러났어야 합니다. 더군다나 이 현장 사진을 봐 주시기 바랍니다. 해당 위치는 도로와 보도블록이 깔려 있고 그 사이에 경계석이 있습니다. 그 높이가 15센티미터 정도이니 기습적으로 밀렸다면 그 갑작스러운 높이 변화로 인해 뒤로 나뒹굴었어야 정상입니다. 하지만 피해자는 넘어지지 않고 도리어 뒤로 훌쩍 뛰어넘었습니다."

변호사는 이래서 중요한 거다.

애초에 변호할 의지가 없는 사람이 변호를 한다면 당연히 제대로 될 리가 없다.

재판에서 가장 중요한 것은 합리적 의심이다.

논리적으로 이상한 게 있으면 그걸 먼저 확실하게 지적하고 넘어가야 한다.

"그건 사람마다 다릅니다. 일반적인 사람이라면 모르지만 피해자는 가라테를 10년 넘게 한 사람입니다. 당연히 다른 일반적인 사람보다 운동신경이 훨씬 발달했을 수밖에 없습니다."

'아, 그랬나?'

확실히 검사라서 그런지 다르기는 하다.

물론 가라테를 했다고 해서 균형 감각이 아주 뛰어나게 되는 것은 아니다.

균형 감각이라는 것이 자연스럽게 좋아지기는 하겠지만 타고나는 것도 있으니까.

"그러니까, 운동을 잘했다는 거네요."

"그렇습니다. 그는 서울 가라테 대회에서 은메달을 딴 적도 있습니다."

"그래서 그 힘으로 학교 폭력을 행사한 거고요?"

"그건…… 그렇습니다."

그건 딱히 감출 만한 것도 아니다.

애초에 살인 이유가 학교 폭력으로 인한 원한이니까.

"그렇지요."

피해자가 죽을 만한 놈이라는 말은 논리적으로 말이 안 된다.

하지만 감성적으로는 말이 된다.

용서는 안 되지만 감형 사유는 된다는 소리다.

"전문 격투기 대회에서 은메달까지 딴 선수는 실질적으로 무장한 걸로 봐야 하지 않습니까?"

그랬다. 속된 말로 전문 격투기 선수들은 일반적인 싸움은 거의 하지 않는다.

그럴 수밖에 없다. 그 몸 자체가 흉기니까.

물론 법적으로 온몸이 흉기라는 규정은 없지만 심적으로 흉기 취급이다.

"모르겠습니다만, 위험하기는 하겠지요?"

물론 노형진이 그냥 '감정적으로 좀 봐주십시오.'라고 이런 질문을 던지는 건 아니다.

애초에 답을 정해 둔 자들에게 감정적 호소가 먹힐 리 없다.

노형진이 노리는 것은 따로 있었다.

"그런데 운동으로 메달까지 딴 사람이, 운동과는 담을 쌓은 피고인이 밀어서 무려 2미터를 넘게 날아갔다?"

노형진이 노린 건 바로 이거였다.

"재판장님, 이 사진을 봐 주시기 바랍니다. 해당 현장의 사진을 찍은 것을 차량 보닛의 폭을 기준으로 측정한 수치입니다. 보다시피 차의 폭을 기준으로 판단할 때 싸우던 위치에서 사고 위치까지의 거리는 최소 2미터입니다."

이것이 법이다.

생각지도 못한 역습에 검사는 살짝 눈빛이 흔들렸다.

"이 경우는 제자리멀리뛰기로 봐야 합니다. 검사님은 학창 시절에 제자리멀리뛰기 기록이 얼마나 되십니까?"

"그건……."

가물가물할 것이다.

그런 검사에게 노형진은 슬쩍 핵심을 찔러줬다.

"참고로 소방관 선발 시험에서 제자리멀리뛰기 기준은 263센티미터 이상이면 만점입니다."

10점 만점에 10점이다.

당연히 소방관이라는 직업은 체력적으로 남과 비교할 수도 없을 정도로 뛰어난 능력을 갖춰야 한다.

"그들이 전력으로, 제자리에서 앞으로 뛰었을 때의 기준이 263이 만점입니다. 그런데 심지어 이 경우는 뒤로 뛰었지요."

"으음……."

자신의 힘으로 전력으로 뛴 것도 3미터가 안 된다.

그런데 그걸 밀어서 날려 보낸다?

"이 정도면 맞고 사는 게 아니라 패고 살아야 하는 거 아닙니까?"

버티고 있는 사람을 밀어서 2미터를 날려 보낸다?

"그 정도면 세계 격투기 대회를 다 씹어 먹고 다녀야 하는 거 아닌가요?"

"우연일 수도 있습니다. 사람은 갑자기 밀리면 뒤로 굴러⋯⋯."

말을 하던 검사는 아차 싶었다.

뒤로 굴러서 나간 거라고 하기에는, 차량의 블랙박스에 서 있는 모습이 제대로 찍혀 있다.

즉, 논리적으로 말이 안 된다는 소리다.

"사람은 앞으로 뛰어도 저 정도입니다."

그리고 사람은 뒤로 움직이는 데 익숙하지 않다.

정확하게 말하면 뒤가 보이지 않기 때문에, 사람은 누가 밀어도 버티거나 주저앉아 버리지, 뛰지는 않는다.

"자기가 직접 뒤로 뛰기 전까지는 말이지요."

"으음⋯⋯."

판사는 살짝 눈을 찌푸렸다.

여기서 이걸 인정해 버리면 살인 자체가 성립되지 않는다.

하지만 인정하지 않자니 이건 과학적으로 증명된 사안이다.

"뒤로 주춤주춤 물러날 수도 있지요."

검사는 나름 방어를 했다. 물론 그럴 수도 있다.

"하지만 1심에서 나온 증언에 의하면 밀려서 날아갔다고 하던데요?"

"밤이었으니 잘못 봤을 수도 있습니다."

"그렇군요."

가능하다. 밀어서 날아간 게 아니라 주춤주춤 뒤로 밀려간 거라면 말이다.

애석하게도 사망한 조호국은 어둠 속에서 갑자기 나타났지 뒷걸음질한 건지 뒤로 펄쩍 뛰었는지는 보이지 않았으니까.

"하지만 그건 1심의 증인들의 진술과 상반됩니다."

"상반된다고요?"

"그렇습니다. 분명 1심에서 증인 세 명 모두 피해자가 밀려서 도로로 날아갔다고 했습니다."

뒤로 물러난 것과 뒤로 날아간 것은 전혀 다르다.

"그건 증인들의 표현법이 그랬을 수도 있습니다."

"그래요? 그러면 증인들에게 물어보면 되겠지요. 재판장님, 해당 증인들을 다시 신문할 수 있게 해 주시겠습니까?"

판사는 고개를 끄덕거렸다.

실제로 2심까지는 증인신문이 이루어진다. 사실심이니까.

"인정합니다."

노형진의 부름에 나온 증인은 잔뜩 긴장한 눈치였다.

'거짓말을 하려니 살 떨리겠지.'

노형진은 증인석에 있는 증인을 보고 피식 웃었다.

속으로 웃었다는 게 아니다. 실제로 그들이 볼 수 있게 피식 웃었다.

"왜 웃습니까?"

"아, 죄송합니다. 증인을 보니까 참 뻔하다 싶어서요."

웃겨서 웃은 게 아니다. 그들을 압박하기 위해서다.

켕기는 것이 있는 사람은 상대방이 여유로운 모습을 보이면 겁을 먹는다. 혹시나 자신에 대해 알고 있지 않을까 하는 생각 때문이다.

실제로 증인의 얼굴은 이제 아예 샛노랗게 변해 버린 수준이었다.

'그리고 웃는 건 딱히 법정 모독이나 증인에 대한 속임수도 아니란 말이지.'

하지만 당장 당하는 증인 입장에서는 심장이 미친 듯이 뛸 수밖에 없는 일일 것이다.

실제로도 증인은 떨리는 마음을 애써 입술을 깨물며 버티고 있었다.

"증인."

노형진은 증인석에 있는 남자의 눈을 똑바로 바라보았다.

남자는 자신도 모르게 그 시선을 피했다.

"왜 도망쳤습니까?"

"네?"

"왜 도망쳤습니까? 사건 당시에 증인과 다른 증인 두 명은 도망을 갔지요. 그로 인해 정작 구호 활동을 한 건 피고인인 주영우였습니다. 도대체 왜 도망쳤습니까?"

"겁이 났습니다. 주영우가 저희를 죽일까 봐서요."

1심과 같은 대답이다.

1심에서 변호사는 그에 대해 제대로 물어보지 않았다. 그러니까 설렁설렁 넘어갔을 것이다.

'하지만 난 아니지.'

논리적으로 말이 안 된다.

"피해자와 증인들은 피고인에게 학교 폭력을 행사했던 사람들입니다. 아닌가요?"

"그건…… 그런데요."

"일반적으로 그런 경우는 상대방을 만만하게 보는 게 보통이지요. 그런데 단순히 밀어서 사고가 났다는 이유로 공포감을 느낀다는 게 말이나 된다고 생각합니까?"

"아니, 그게…… 저희를 죽일 거라고 생각했습니다."

"그러니까 어떻게요?"

"그게…….."

그게 문제다. '어떻게'라는 것.

실질적으로 주영우에게는 조호국과 그 패거리에게 보복을 할 수 있는 방법이 전혀 없다.

그게 가능했다면 애초부터 이렇게 고생하지 않았을 것이다. 이미 벌써 보복했을 테니까.

"증인은 운동을 했나요?"

"네? 아, 네. 했습니다."

"가라테요?"

"그걸 어떻게?"

'뻔한 거 아닌가?'

노형진은 대답하지 않았다.

하지만 그들이 어떻게 만났는지 알 수 있었다.

아마도 같은 가라테 도장에서 만났을 가능성이 높다.

물론 학교에서 만나서 학교 폭력을 행사하고 다녔을 수도 있지만, 그런 것치고는 너무 친밀했다.

'끼리끼리 뭉치는 거지.'

자기가 힘이 생기면서 남을 무시해도 된다고 생각했을 테고, 그런 놈들끼리 뭉쳤을 것이다.

"그리고 다른 증인들 역시 운동을 했고요?"

"그건…… 그런데……."

"십수년간 가라테를 배운 사람들이 운동이라고는 해 본 적도 없는 사람을 피해서 단체로 도망갔다?"

"아니, 겁이 나는 건 겁이 나는 거니까……."

"그 당시에 피고인은 무장한 상태도 아니었잖습니까? 그런데 뭐가 그렇게 겁이 났던 겁니까?"

"……."

말을 할 수가 없었다. 겁나는 건 없었으니까.

"봉지에 칼이 들어 있는 것 같았습니다."

"같았습니다?"

"네."

어쭙잖은 변명을 하는 증인.

하지만 노형진은 이미 그런 답변을 예상하고 있었다.

"그 당시 피고인이 들고 있던 건 반투명한 봉지였습니다.

편의점에서 쓰는 그런 것이었죠. 당연히 그 안에 든 물건의 형태가 대충 보입니다. 그런데 칼이 있는 것 같았습니다는 뭐죠?"

"그건⋯⋯."

"거기에다가 정말 칼이 있었다면 꺼내서 휘둘렀겠지요. 하지만 칼을 꺼낸 적은 없는 걸로 알고 있는데요?"

"⋯⋯."

"혹시 말입니다, 일이 커지자 엮이기 싫어서 도망간 거 아닙니까?"

보통 이런 경우는 100% 그런 상황이다.

하지만 나중에 엮이면서 어쩔 수 없이 끌려 나오는 것이다.

"그건 아닙니다! 절대로 아닙니다!"

"그래요?"

노형진은 더 이상 묻지 않았다.

'강한 부정은 강한 긍정이라고 하지.'

하물며 1심에서부터 계속 위증을 하던 자들이다.

'물론 재판장이 그걸 인정하느냐가 관건인데.'

현 상황에서 재판장이 그걸 인정할 가능성은 없다.

어떻게 해서든 사형을 언도하도록 이야기해 놨을 테니까.

'그렇다면 방법은 하나뿐이지.'

증인들의 증언 자체가 힘을 잃게 만드는 것뿐이다.

현재 가장 중요한 것은 그거니까.

"증인, 그래서 거기에 왜 갔습니까?"

"어디요?"

"사고 현장 말입니다."

"그냥 친구나 볼까 하고……."

"학교 폭력의 피해자를 친구라고 표현합니까?"

"아니, 화해를 하면 친구가 될 수도 있고……."

"피고인은 화해할 생각이 없는데요?"

노형진은 이런 작자들이 진짜 싫었다.

자신이 저지른 일에 대해 사과하면 끝이라고 생각한다.

하지만 그들이 생각하는 사과는 그냥 자기 마음 편하자고 하는 거고, 진짜 피해자들에 대한 사과가 아니다.

누군가는 돈독이 올랐다고 이야기할지도 모르지만 사과에는 상대방에 대해 물질적 보상이 따라야 한다.

그렇지 않으면 그건 말뿐인 사과이다.

자신이 이 정도로 손해를 감수할 만큼 진심을 담았다는 것이 전해지지 않으면 그건 진심이 아니다.

'그런데 학교 폭력 하는 새끼들은 뻔하지.'

말로만 가서 사과한다고, 앞으로 친하게 지내자고 한다. 그리고 그걸로 과거에 있었던 모든 일을 덮으려고 한다.

그 과정에서 그 사과를 받아들여 주지 않으면 상대방을 속 좁은 놈으로 매도한다.

자신이 저지른 범죄에 대해서는 생각도 하지 않은 채.

'그건 사과가 아니라 다른 형태의 폭력일 뿐이다.'

노형진이 한국에서 가장 싫어하는 문화가 바로 용서를 강요하는 거다.

"피고인에게는 사과를 받을 생각 같은 건 없었습니다. 그리고 피고인의 말에 따르면 실제로 사과를 하지도 않았다던데요?"

"아니, 사과했습니다, 분명히."

"그래요? 술 마시고 사과하러 갔다 이거죠?"

"네, 술 마시고 우리가 좀 과했다 싶어서……."

"그래서 어떻게 갔습니까?"

"네?"

증인은 묘한 표정이 되었다.

"질문을 이해하지 못하겠습니다."

"뭐 타고 갔느냔 질문입니다, 증인."

"그거야 차 타고……."

"그렇지요. 그건 알고 있습니다."

경찰이 주변에 세워진 조호국의 차량을 찾았다.

수억짜리 오픈카였다.

"그런데 대리는 불렀습니까?"

"네?"

대리라는 말에 증인의 얼굴이 묘하게 변했다.

대리를 불렀느냐는 말이 뭘 노리는지 몰랐으니까.

하지만 거짓말을 할 수가 없었다.

대리 같은 경우는 모두 기록에 남을 수밖에 없다. 만일 작심하고 털어 내면 기록을 찾아내는 것은 어렵지 않다.

"아니…… 그러니까 그러지는 않았습니다."

"그래요? 기록에 따르면 피해자의 혈중알코올농도는 0.104%였습니다. 쉽게 말해서 면허취소 수준이었지요. 그런데 운전하고 간 거네요, 오밤중에 사과하러?"

"그건……."

"그래서 술은 어디서 마셨습니까?"

"네?"

"술을 마신 곳이 어디냐구요."

증인은 진땀을 흘리기 시작했다.

"그게…… 술집에서 먹었습니다."

"그러니까 그 술집 이름이 뭡니까?"

"로즈베리입니다."

"재판장님, 잠깐 검색을 해도 되겠습니까?"

노형진이 핸드폰을 꺼내서 흔들었다.

딱히 안 될 건 없었기에 판사는 고개를 끄덕거렸고, 노형진은 로즈베리라는 이름을 검색했다.

'빙고.'

예상대로였다.

이런 형태의 폭력 집단은 한 명의 금전에 기대는 경우가 많다.

쉽게 말해서 조호국을 보스로 따르는 대신에 조호국이 금전적으로 혜택을 주는 것이다.

대부분의 조폭들이 비슷한 형태를 취한다.

'그리고 그 금전적 이득은 여러 가지지.'

노형진은 그 검색 결과를 증인에게 내밀었다.

"로즈베리를 찾아보니 술집으로는 하나뿐이네요. 그런데 여기, 여성 접대부를 고용해서 술을 파는 곳 아닙니까?"

증인은 눈을 데굴데굴 굴렸다. 맞는 말이니까.

"그러니까 증인의 말을 하나씩 판단해 보면, 피해자와 증인들은 여자 끼고 술집에서 놀다가 갑자기 '아, 우리가 피해자에게 사과를 해야겠구나.'라는 생각이 들어서 면허가 취소되는 혈중알코올농도를 훨씬 넘는 상황에 음주 운전을 해서 피해자를 찾아가 사과를 하려고 했는데, 피고인은 사과는 받아 주지 않고 도리어 피해자 조호국이 언제 나타날지 모르는 상황에서 살인의 고의를 가지고 기다리고 있다가 어마어마한 괴력으로 밀었고, 피해자 조호국은 그렇게 취한 상황에서도 2미터나 뒤로 날아가서 완벽하게 착지하는 운동신경을 보여 줬는데 갑자기 튀어나온 트럭에 치여서 사망했고, 그걸 본 증인들은 상대방이 무장했을지도 모른다는 공포감에 피해자를 버리고 도주했다, 이거네요?"

거짓말이라는 게 그렇다.

거짓말은 거짓말을 부른다고 한다.

그리고 거짓말을 잘하는 것도 능력이다.

능력이 되지 않으면 지금처럼 논리적으로 말이 안 되는 상황이 벌어진다.

상황을 맞춰서 준비한 것이 아니라 그 순간만 넘기려고 되는대로 떠들기 때문이다.

"증인, 장난합니까?"

이건 말도 안 되는 상황이다.

정상적인 경우라면 이런 생각은 할 수가 없다. 아니, 불가능하다.

"그게……."

증인은 당황해서 대답을 하지 못했다.

스스로 생각해도 논리적으로 말이 안 되는 상황이니까.

대답을 하지 못하는 증인을 보고 심탁수는 자신도 모르게 자꾸 새어 나오려 하는 당혹스러운 신음을 헛기침으로 간신히 감췄다.

아무리 재판부라고 해도 이런 말도 안 되는 증언을 받아줄 수는 없었다.

"그래서 증인, 그날 같이 술을 마신 분들이 누굽니까?"

"네? 당연히 다른 증인들이……."

"그들 말고요. 그곳은 여성 접대원을 고용하는 곳이지 않습니까? 그들이 누구냐고요. 예명으로 말씀해 주셔도 됩니다. 현장에서 확인하도록 하겠습니다."

아주 쐐기를 박는 노형진.

만일 그 여자들을 찾으면 그녀들은 그 자리에서 나온 말이 뭔지 증언하게 될 것이다.

'그러나 그들이 할 증언은 절대 어떻게 사과할지에 대한 것은 아닐 테지.'

보통 이런 경우 술이 들어가면 자신들의 힘에 대해 거들먹거리기 마련이고, 자연스럽게 자기들이 괴롭혔던 희생양에 대해 이야기하기 마련이며, 술김에 그 새끼나 더 괴롭히자는 식으로 흘러가기 마련이다.

그게 가해자들의 일반적인 심리다.

술 먹고 반성해서 사과하는 놈이라면 애초부터 그런 짓을 저지를 리 없다.

"누구입니까, 증인?"

이제는 진땀을 뻘뻘 흘리며, 증인은 자신도 모르게 판사를 바라보았다.

그리고 그게 실수였다.

"증인의 몸이 좋지 않은 듯하니 일단 여기서 휴정하고……."

"잠깐만요, 재판장님."

노형진은 그가 재판장에게 도움을 요청하는 그 순간을 노리고 있었다.

"지금 상황이 변호인으로서 납득이 가지 않습니다."

"그게 무슨 말입니까?"

"증인은 본인의 질문에 대답하지 않은 상황입니다. 다음 재판에서 주요 증인을 불러야 하는데 말입니다. 그 상황에서 마치 계획된 것처럼 재판장님을 바라보았습니다. 그리고 재판장님은 답변이 끝나지 않은 상황에서 갑자기 휴정을 선포하셨습니다. 이걸 어떻게 받아들여야 합니까?"

판사는 당황했다.

설마 자신을 물어뜯을 거라고는 생각하지 못했기 때문이다.

"그게 아니라, 증인의 몸이 안 좋아 보여서 그랬습니다."

"재판장님, 증인은 아까 전에 스스로 말했습니다. 수년간 운동을 한 사람이라고요. 단순히 땀 좀 흘린다는 이유로 휴정을 하는 것은 올바르지 않습니다. 더군다나 증인은 이번 사건에서 핵심이 될 만한 사람의 이름을 말해야 하는 시점입니다."

술집 여자가 나와서 말을 하는 순간 재판은 아예 무너진다.

그곳에서 어떻게 주영우를 괴롭힐지에 대해 떠들어 댔을 게 뻔하니까.

'그리고 그건 고의 살인이 무너지는 거지.'

그러면 재판부는 곤란한 상황이 된다.

살인의 고의가 있고 없고는 어마어마한 차이다.

고의 살인으로 기소했고, 1심에서 고의 살인이라고 판결했다.

이것이 법이다

그 고의가 깨지면 살인이 성립되지 않는다.

이 경우는 결국 과실치사로 가야 한다. 설사 밀었다고 해도 죽을 것까지 예상하지는 못했을 테니까.

'문제는 공소장이야.'

검사가 살인으로 기소를 했는데 현 상황에서는 살인의 고의가 있을 수가 없게 되어 버렸다.

살인의 고의가 살인죄에서 가지는 가치는 절대적이다.

누군가를 죽이려고 작심해서 실행에 옮긴 것과 죽일 생각이 없었는데 어쩌다 보니 사고로 죽은 것은 전혀 다르고, 처벌 역시 어마어마하게 다르다.

그러면 검사는 당연히 공소장을 변경해야 한다.

그리고 공소장이 변경되는 순간, 노형진은 정당방위를 주장할 수 있게 된다.

살인은 정당방위가 성립되지 않는다. 고의적으로 죽이려고 한 거니까.

하지만 과실치사는 다르다. 정당방위가 가능하다.

스스로를 지키기 위해 벌인 일이니까.

'형량은 최소한으로 깎을 수 있다.'

계획대로라면 무죄도 나올 수 있다.

그런 만큼 그 차이는 크다.

"휴정을 하는 건 좋습니다. 하지만 다음 재판에서 결정적 증언을 할 사람의 이름이 필요합니다."

"그건…… 나중 재판에 듣겠습니다. 휴정하겠습니다!"

판사는 노형진의 말을 듣지 않았다.

자신이 부탁받은 일을 해야 했으니까.

하지만 이미 스스로 일이 틀어지고 있다는 걸 느끼고 있었다.

죽을 만해서 죽었네

"기피 신청을 안 하겠다고? 나 같으면 하겠는데."

김성식은 고개를 갸웃했다.

이미 판사는 상당히 불공정한 모습을 보였다.

그런데 노형진은 재판관 기피 신청을 하지 않겠다고 한다.

"해 봐야 되겠습니까? 재판관 기피 신청을 해도 그게 받아들여질 확률은 1% 미만입니다."

"그건 그렇지."

"더군다나 기피 신청이 받아들여진다 해도, 새로 오는 사람이라고 멀쩡할 리 없지요. 법원에서 '기피 신청이 들어왔으니 이번에는 공정하고 바른 사람에게 재판을 맡겨야겠다.'라고 하겠습니까, 아니면 '이번에는 좀 더 똑똑한 놈을 넣어서 걸리지 말아야겠다.'라고 하겠습니까?"

김성식은 입맛을 다셨다. 당연하게 후자니까.

"그런 면에서 보면 차라리 멍청한 새끼가 낫습니다."

만일 똑똑한 판사라면 증인이 자신을 바라보는 시점에 휴정을 하지는 않았을 것이다.

"저라면 말이지요, 그 증인의 이름을 들었을 겁니다."

"하지만 증언하면 곤란하지 않나?"

"그러니까 멍청하다는 겁니다. 거기서 일하는 여자가 실명 쓰겠습니까?"

당연하게도 그곳에서 일하는 사람들은 가명을 쓴다.

"저는 그 얼굴을 모르죠. 그러니까 일단 이름을 듣고 나면 저는 법원을 통해 소환장을 보낼 겁니다."

그사이 자신들은 그쪽에 이야기해서 말을 맞추면 된다.

"그런데 거기서 다짜고짜 휴정하면 '나는 저들과 짰습니다.'라는 거지요. 결국 거짓말도 창의력의 영역이라니까요."

국영수는 잘할지도 모른다.

하지만 창의력이 부족하니 긴급 상황에 제대로 거짓말을 하지 못하고 그 순간만 회피하려 든 거다.

"창의력에 관해서는 판사나 거기에 앉아 있던 증인이나 도긴개긴일 겁니다."

"자네는 변호사야. 그런데 그렇게 대놓고 거짓말한다고 하면 쓰나?"

"중요한 건 이기는 거죠."

노형진은 어깨를 으쓱하며 말했다.

"그렇기는 하지. 하지만 이번 사건에서 어떻게 이길 생각인가? 이번에도 봐서 알겠지만, 저쪽에서는 작심하고 사건을 덮고 있는데."

"아, 벌써 일하고 있습니다."

"일하고 있다고?"

"네. 어차피 판사와 검사 쪽에서 공들여서 거짓말을 만들고 있으니 그쪽은 애초에 크게 기대하지 않았습니다. 지난번에도 보셨잖습니까, 배심원이 무죄를 선고해도 전혀 받아들여지지 않은 거."

최소한의 항의나 의문점도 받아들이지 않았다.

그래 놓고 유죄를 선고하고 바로 사형을 선고했다.

"하지만 그들이 보지 못하는 곳에서 치기 시작하면 이야기가 좀 달라질 겁니다."

"보지 못하는 곳?"

"네, 그들이 이제는 신경 쓰지 않는 곳이지요, 후후후. 제가 말하지 않았습니까? 채림이가 있어서 이긴다고요."

⚖️

"와, 어떻게 이런 걸 생각해?"

손채림은 노형진의 머리에 혀를 내둘렀다.

그녀는 사건만 보고 이런 식의 사용은 생각도 하지 못했다.

그런데 노형진은 마치 이렇게 될 것을 다 알고 있었다는 것처럼 미리 모든 것을 준비했던 것이다.

"어차피 이 사건 자체로는 이슈가 되지 않으니까. 자유신민당에서 작심하고 나선 건데 이게 제대로 되겠냐, 더 큰 사건이 아니고서야?"

"그건 그렇지. 하지만 이런 식으로 크게 할 줄은 몰랐는데."

"그쪽도 몰랐을 거야. 그래서 내가 일을 키우는 거고. 이건 대한민국의 법치를 흔드는 사건이야. 당연하게도 아무리 자유신민당, 아니 청와대가 나서도 이건 못 덮어. 이미 관련자들이 너무 많거든."

노형진은 어깨를 으쓱하며 말했다.

"맨날 뒤에서 기자회견 하는 것만 봤지 내가 당사자가 될 줄은 몰랐네."

"뭐, 닥치면 해야지. 안 그래?"

노형진은 그렇게 말하면서 손채림을 데리고 단상에 올라갔다.

그리고 그 자리에 있는 사람들을 보고 피식 웃었다.

'그래도 제법 왔네.'

대한민국의 법치를 흔드는 치명적인 문제에 대한 기자회견이라고 하자 많은 사람들이 왔다.

'물론 여기서 그 사건을 터트리면 이건 덮인다.'

덮일 수밖에 없다. 이미 저쪽에서 손써 놨을 테니까.

'하지만 다른 걸로 터트리면 되는 거지.'

그래서 노형진이 손채림에게 뻘짓이지만 그럼에도 불구하고 배심원으로 꼭 참석하라고 한 것이다.

"친애하는 기자 여러분, 저는 지금 대한민국의 법치가, 아니 대한민국의 수만 명의 국민들이 처한 위험에 대해 말하고자 기자회견을 자청했습니다."

노형진이 입을 열기 시작하자 다들 눈을 반짝이면서 바라보았다.

지금까지 노형진이 한 기자회견 중 작은 것은 없었다.

그래서 다들 특종을 잡기 위해 눈이 벌겋게 변해 있었다.

"이번 사건은 최소 수만 명의 국민들의 목숨이 달려 있는 일입니다."

"그게 무슨 말입니까?"

"이걸 봐 주시기 바랍니다."

노형진은 미리 준비한 영상을 틀어 줬다.

배심원으로 확정되기 전, 손채림이 그녀를 찾아온 남자들과 같이 간 커피숍에서 가지고 온 CCTV 영상이다.

"그리고 이 목소리는 그날 동석한 여기 손채림 양이 녹음한 것입니다. 움직임과 소리가 싱크가 맞지 않는 것은 양해해 주시기 바랍니다."

손채림은 바보가 아니다.

일이 커질 것 같다고 생각하자 바로 핸드폰으로 녹음을 시작했기 때문에 그걸 틀어 주는 것은 어렵지 않았다.

—피해자분은 정의가 이루어지기를 원하고 계십니다.

그렇게 시작된 영상.

녹음을 들으면서 다들 얼굴이 사색이 되었다.

배심원으로 선발된 손채림. 그리고 손채림을 회유하는 누군가.

'만일 손채림이 배심원이 되지 않았다면 파괴력이 약하겠지.'

하지만 우연이든 필연이든 손채림은 배심원이 되었다.

그렇기 때문에 노형진은 당당하게 말할 수 있었다.

"이 상황이 의미하는 것은 하나뿐입니다. 바로 현 상황에서 누군가가 배심원을 자기 마음대로 정할 수 있다는 것이죠."

"뭐야? 이게 말이나 된다고?"

"완전 랜덤이라고 하지 않았어?"

"이게 무슨 랜덤이야?"

이게 무슨 사건인지 모르는 기자들은 당황해서 너도나도 기사를 송고하기 시작했다.

국민 참여 재판, 그러니까 배심원 제도는 시작한 지 좀 되었다.

그래서 판사들이 믿을 수 없다고 생각할 때 배심원들에게 매달리기 위해 많은 사람들이 신청하고 있는 상황이었다.

"이 사건에서 보다시피 손채림 양은 이번 사건에 대해 이상함을 느끼고 그들에게 우호적인 제스처를 취했습니다. 그리고 당연하게도 배심원으로 선발되었습니다."

"그건 우연 아닙니까?"

"우연이라고 보기 힘듭니다. 손채림 양은 그 사건을 처리하기 위해 들어갔을 때, 최소한 네 명 이상이 포섭되었다고 느꼈다고 했습니다."

"네 명?"

"네 명이라고? 그게 가능해?"

네 명이라고 하면 거의 절반이다.

아니, 단순히 느낀 게 그 정도이니, 티를 내지 않은 사람이 있었을 가능성도 감안하면 더 되었을 수도 있다.

'그리고 느낌이라는 건 애매한 거지.'

네 명 정도라고 느꼈다고 했지 네 명이라고 못 박지는 않았다.

즉, 애매하게 말함으로써 책임에서 슬쩍 벗어난 것이다.

"그 사건은 한 건의 명확하지 않은 살인으로 인해 1심에서 사형이 선고되었습니다."

이번 작전에서 주영우 사건이 부차적인 문제이기는 하지만 그래도 한 번은 언급해 줘야 한다.

그래야 기자들이 물어뜯을 때 같이 물어뜯을 테니까.

'물론 같이 물어뜯으려면 그에 상응하는 먹잇감도 같이 줘야 하지.'

개에게 약을 먹일 때도 그냥 먹이는 것보다는 간식에 섞어서 먹이는 게 좋은 방법이다.

적절한 떡밥만 섞어 준다면 정당에서 뭐라고 하든 기자들은 신나게 떠들 것이다.

'그리고 자기 마음대로 배심원들을 심을 수 있는 건 떡밥이 아니지.'

물론 심각한 문제이기는 하다.

하지만 사람들이 보기에는 '아, 그렇구나.' 정도로 끝날 일이지, 아주 강한 관심을 끌어오기에는 살짝 약하다.

사실 법원이 부패한 것에 대해서는 누구보다 국민들이 잘 알고 있으니까.

'핵심은 국민들이 이 사건에 관심을 가질 수밖에 없도록 하는 것.'

노형진은 심호흡을 했다.

이제 최고의 떡밥이 나갈 순서였다.

"하지만 사실 저희가 걱정하는 것은 배심원을 골라서 넣는 것이 아닙니다."

"네? 이게 아니라고요?"

"이게 얼마나 큰일인데요!"

기자들은 어리둥절했다.

이것만 해도 사법 체계가 흔들릴 사건이다.

그런데 걱정하는 게 그게 아니라고?

그러나 노형진이 다음 말을 했을 때, 다들 크게 놀랄 수밖에 없었다.

"배심원으로 확정되지 않았음에도 불구하고 개인 정보가 흘러 나갔습니다. 그렇다면 배심원으로 확정된 사람들의 개인 정보는 어떻게 될까요?"

"어?"

다들 멍한 표정이 되었다.

배심원으로 확정된 사람들은 그 사건을 보고 판단한다.

"무죄가 나왔다면 괜찮겠지만 무죄가 나오지 않았다면 어떻게 되었을까요?"

"그…… 그건…….."

기자들은 당황했다. 그들은 바로 알아차렸기 때문이다.

배심원의 개인 정보가 새어 나갔을 때 터지는 가장 큰 문제는 바로 보복이다.

'너희들이 보복을 하려고 했지? 나도 보복을 가지고 놀아 보지, 뭐.'

노형진은 속으로 웃으며 말을 이어 갔다.

"배심원의 개인 정보는 철저하게 비밀입니다. 그런데 새어 나갔고, 이렇게 포섭이 들어왔습니다. 실질적으로 배심원의 개인 정보는 모두 새어 나갔다고 생각해야 합니다. 배심원뿐만이 아닙니다. 사건과 관련된 증인들도 있습니다. 배심원은 철저하게 제삼자입니다. 그들에게 보복을 할 수도 있는데 증인에게 보복을 하지 않겠습니까?"

기자들은 눈에 불을 켰다.

그들이 가장 좋아하는 것. 그건 클릭 수를 늘리는 거다.

거기서 범죄자들의 집단 보복만큼 좋은 게 있을까?

"저희가 예상하기로는, 배심원뿐만 아니라 증인들 수십만 명의 정보가 새어 나간 것으로 추정하고 있습니다."

추정. 애매하고 무책임한 말이다.

하지만 그걸로 충분하다.

증언을 했던 사람들, 배심원을 했던 사람들.

그들은 기사가 나가는 순간부터 난리가 날 것이다.

"제 의뢰인은 그날 재판에서 포섭한 측과 다른 의견을 냈습니다. 피해자의 무죄를 주장했습니다. 그런데 개인 정보가 새어 나간 상황이니 안전을 보장할 수가 없습니다. 배심원도 자기 마음대로 할 수 있는 사람들이 무슨 짓을 할지 어떻게 알겠습니까? 이에 정식으로 해당 사건을 고발하고 경찰의 보호를 요청하는 바입니다."

노형진의 말이 끝나기 무섭게 기자들은 질문을 던지기 위해 미친 듯이 손을 들어 올리기 시작했다.

이것이 법이다

"이게 무슨 난리야?"

법원은 발칵 뒤집어졌다.

배심원 정보가 빠져나간 것은 심각한 문제다.

오해라고 하고 싶었지만 그럴 수도 없었다. 영상에 녹음 파일까지 존재하니까.

"아니, 이거 어떻게 샌 거야! 어! 어떻게 된 거냐고!"

법무부 장관은 머리가 아파 왔다.

그는 사법부의 대표로서 이 모든 일에 책임이 있다.

문제는 이런 정보 누설을 그가 하지는 않았다는 것이다.

"그게, 조사 중입니다. 경찰에서도 조사 중이기는 한데……."

"이게 지금 그걸로 해결될 문제야? 국민들이 믿겠느냐고!"

판사들의 자기 팔 안으로 굽는 행동은 아주 유명하다.

농담이 아니다.

경찰이 아무리 발악해 봐야 사법부에서는 어떠한 정보도 주지 않을 것이다.

"씨발, 이게 얼마나 큰일인지 몰라?"

법무부 장관 입장에서는 돌아 버릴 것 같은 상황이었다.

"이거 어디서 샌 건지 확인해 봤어?"

"그게, 조금 흔적이 나왔는데……."

"흔적?"

"네, 당에서 접촉한……."

"쉿!"

법무부 장관은 순간 그의 입을 막았다. 그리고 목소리를 낮췄다.

"그게 무슨 소리야! 당이라니!"

"사실은 그 사건이, 간단한 복수였는데……."

"간단한 복수?"

이야기를 듣던 법무부 장관은 기가 막혔다.

사법적 복수를 해 주는 조건으로 약간의 혜택을 보려고 했는데 그로 인해 이 지경이 되었다는 것이다.

"이런 젠장. 이제는 당에서 싸지른 똥도 내가 치워야 하는 거야?"

그는 미칠 것 같았다.

당장 사법 불신은 하늘만큼 높아졌다.

불신이야 뭐 하루 이틀 문제가 아니니 그러려니 하고 넘어갈 수 있다.

문제는 증언을 했던 사람들이나 배심원을 했던 사람들이 조금만 이상하면 일단 경찰을 부르기 시작했다는 것이다.

출동을 하지 않을 수도 없는 게, 실제로 명단이 새어 나간 상황에서 그들의 요청을 나 몰라라 하면 기자들이 신나게 물어뜯을 게 뻔했다.

아니, 그들이 문제가 아니다.

어차피 경찰은 행정부 소속이니까 자기들 문제도 아니고 말이다.

하지만 당장 국민 참여 재판에 참가하라고 권하는 사람마다 죄다 거절하고 있다는 것이 문제다.

벌금이고 나발이고, 정보가 줄줄 새고 보복 위험이 있는데 누가 참여하려고 하겠는가?

그걸 막기 위해서는 사법부에 대한 대대적 감사와 개혁이 필요했다.

"젠장. 이 일을 어떻게 수습할지 답이 안 보이는군."

법무부 장관은 속이 쓰려 왔다.

⚖

"감사합니다. 흑흑흑."

주영우는 얼마 지나지 않아서 풀려났다.

일이 커지자 예상대로 자유신민당이 슬쩍 발을 뺐기 때문이다.

만일 그 명단을 뺀 것이 자신들이라는 것이 알려지면 지지율은 10% 이하로 떨어질 판국이니까.

"그리고 정당에서 빠진 상황에서 재판부에서 무리해서 처벌할 리 없지."

손채림은 대단하다는 듯 말했다.

재판부 입장에서도 조작된 사건을 계속 물고 가자니 부담스러울 수밖에 없었던 것이다.

　"거기에다 한번 배신한 놈은 또 하기 마련이거든."

　"어떻게 그런 생각을 했냐?"

　"후후후."

　노형진은 박정남을 만났다. 그리고 진실을 말해 주는 조건으로 비밀리에 돈을 주기로 했다.

　"돈 때문에 정의를 버린 인간이 돈을 준다는데 비밀을 지키겠어?"

　당연하게도 한 명도 아니고 두 명이나 포섭된 게 드러났으니, 재판부에서는 그 사건을 유지할 수가 없었다.

　"엄마, 엉엉엉……."

　죽다 살아난 주영우는 가족을 껴안고 자리에 주저앉아서 펑펑 울고 있었다.

　"결국 이렇게 될 걸, 멍청한 복수심이 모든 걸 망쳤지."

　사건 조사 결과는 예상대로였다.

　경찰에서 압박하기 시작하자 증인들은 결국 사실대로 말했다.

　술을 마시고 술김에 주영우를 괴롭히러 갔다.

　주영우는 봉지를 흔들며 저항했고, 술에 취한 조호국은 그를 놀릴 심산으로 크게 뒤로 물러나면서 낄낄거렸다.

　"그리고 꽝!"

멍청한 짓을 한 대가로 그는 죽었다.

그들은 조호국의 아버지가 누구인지 알고 있었고, 일이 좆된 걸 알고는 그대로 줄행랑을 친 것이다.

"그리고 말도 안 되는 거짓말로 주영우를 보복 대상으로 삼으려고 한 거지."

술집 여자들의 증언도 나왔다.

조호국에게 주영우를 괴롭히러 가자고 부추긴 것이 바로 그 세 명이었다고 말이다.

"이제 복수의 대상은 바뀌었어."

그 셋은 아마 사는 게 사는 게 아니게 될 가능성이 높다.

이번 사건으로 정치권의 눈 밖에 난 조만용이 아들의 원한과 자신의 원한 때문에라도 그들을 죽이려고 들 것이다.

"내 알 바 아니지."

그들이 자초한 일이다.

그들까지 구해 줄 생각은 없었다.

"그나저나 진짜 이번 문제는 해결하기는 해야겠는데."

"어떤 문제?"

"학교 폭력."

지난번에도 그렇고 이번에도 그렇다.

좀 잠잠하던 학교 폭력이 다시 고개를 들고 있었다.

"이번에는 진짜 내가 박멸을 할 방법을 찾아야겠어."

노형진은 이를 뿌드득 갈면서 말했다.

세균은 진화하고 약 역시 발전한다

　대롱 사태 이후에 노형진은 내내 심각한 표정을 지우지 못했다.

　노형진뿐만이 아니다.

　새론 전부가 학교 폭력이라는 문제에 대해 심각하게 고민 중이었다.

　"현재 상황은 학교 폭력 자체가 거의 잡히지 않고 있다는 거군요."

　"네. 정부에서 애초에 처벌을 할 의지 자체가 없으니까요."

　고연미 변호사는 답답한 듯 말했다.

　"우리 새론의 외부적인 대국민 홍보 자체가 학교 폭력의 근절 아닌가? 이 상황은 확실히 우리한테 좋지 않아."

거대 기업들은 각 기업별로 캐치프레이즈, 그러니까 하나의 목적을 정하고 그걸 홍보한다.

기업의 이미지를 제고하고 사회적 목표를 다하기 때문이다.

물론 법무 법인 중에는 그런 걸 하는 곳이 없다.

오는 의뢰인만 받는 곳이니까.

하지만 노형진은 하나의 기업으로 공정한 법률 서비스를 제공한다는 목적 때문에 가능하면 기업으로 운영하려고 했고, 실제로 엄밀하게 말하면 법무 법인은 기업일 수밖에 없었다.

그래서 정해진 새론의 캐치프레이즈는 학교 폭력의 근절이다.

법률적 문제이면서도 사람들이 다 공분하는 문제인 데다가 대한민국 전역에서 벌어지는 일이니까.

그리고 청소년기에 새론을 접할수록 나중에 새론에 의뢰할 가능성이 높아지니까.

"하지만 국가 단위에서 처벌 자체를 못 하겠다고 버티는 건 제 계획에 없었는데요."

솔직히 노형진도 이번에는 놀랄 수밖에 없었다.

"이거 완전히 국가로서의 책임을 포기하는 꼴인데요."

범죄자가 많으니까 범죄 처벌을 포기한다는 건, 사실상 국가로서의 가치를 상실한 것과 마찬가지다.

아무리 그 가해자가 청소년이라고 해도 말이다.

"말로는 무조건적인 처벌보다는 계도를 통해 사회적 자립을 돕겠다는데……."

고연미의 말에 무태식은 '킁' 하고 코웃음을 날렸다.

"계도요? 제가 평생 보아 온 정부의 계도라는 말은 간단하게 말해서 이거더군요. '귀찮으니까 알아서 해라.'."

"그렇게까지야……."

"계도라는 말은 많이 하지요. 하지만 제대로 계도된 적이 있나요?"

고연미는 긴 한숨을 내쉬었다.

그럴 수밖에 없는 게, 정부의 법률 관계자들이 툭하면 계도 어쩌고 하는 건 널리 알려진 사실이니까.

"맞네요. 계도된 적이 없네요."

물론 새로운 법이 만들어지고 그걸 알리기 위해 계도 기간을 가지는 것은 문제가 안 된다.

그건 당연히 해야 한다.

문제는 계도 기간을 필요로 하지 않는 범죄들이다.

정부에서는 그들에게 계도라는 이름으로 선처를 한다.

하지만 그들은 결코 반성하지 않는다.

"일종의 자기가 자비롭다는 그런 기분을 느끼고 싶어 하는 것 같더군요. 안 그런가요, 김 대표님?"

김성식은 고개를 끄덕거렸다.

"확실히 그런 건 있지."

검사도 구형을 할 때 그런 함정에 많이 빠진다.

나는 자비롭다.

나는 남의 인생을 좌지우지할 수 있는 사람이다.

그런 기분에 빠져서 즉흥적으로 구형을 한다.

하물며 구형은 강제력도 없다.

"하지만 판결은 다르지."

진짜로 사람의 인생을 좌지우지하는 것이 판결이다.

그리고 판사들은 그 안에서 절대적 권력을 휘두른다.

"살인을 해도 3년이라……."

노형진은 얼마 전 있었던 판결을 생각하고는 씁쓸하게 웃었다.

기분이 나쁘다는 이유로 사람을 패 죽였다.

그런데 판사는 가해자에게 징역 3년을 구형했다.

심지어 피해자의 가족 측과 합의도 되지 않았는데 말이다.

그 이유가 너무 황당했다.

합의를 위해 노력을 했고, 장례비로 일정 금액을 공탁했다는 거다.

"그 사건 말씀이군요. 500만 원 공탁하고 형량을 최소 3년은 깎았네요."

고연미도 알아차린 듯 이야기를 꺼냈다.

하긴 대부분은 알 거다. 아무리 피해자를 위해 싸우는 게 변호사라고 하지만 그건 극도로 비정상적인 사건이었으니까.

하물며 그 가해자가 무슨 권력자나 재벌가의 자재도 아니었다. 그냥 평범한 사람이었다.

"그 신적인 위치에 취한 판사가 문제지."

가해자는 판사에게 빌었지만 피해자에게는 사과하지 않았다. 도리어 그 사건에서 판결이 끝난 후에 항의한 피해자의 아버지는 법정 모독으로 벌금 300만 원을 선고받았다.

"자신들이 편한 대로라……."

노형진은 쓸쓸하게 말했다.

현재 판사들의 가장 심각한 문제다.

"뭐, 이게 다 개나 소나 다 법을 만들면서 벌어진 문제지."

김성식은 한숨을 푹 쉬며 말했다.

고연미는 고개를 갸웃했다.

"네? 법을 개나 소나 다 만든다고요? 하지만 법을 만드는 건 국회의원 아닌가요? 어떻게 개나 소나 다 만들어요?"

"아, 고 변호사는 잘 모르려나?"

김성식의 말에 노형진은 어깨를 으쓱했다.

"잘 모르실걸요. 아직 그쪽 사건은 안 해 보셨으니까요."

"무슨 말인지 이해가 안 가는데요."

"이런 거죠."

원래 법은 정부에서, 정확하게는 국민의 대표인 국회의원이 만드는 거다.

그게 기본적으로 삼권분립의 존재 이유다.

입법과 사법과 행정을 별개로 둠으로써 그들이 서로를 견제하도록 하는 것.

"하지만 말이지, 현실적으로 현재 대한민국은 편법을 통해 법을 개나 소나 다 만들어."

"편법요?"

"아니, 정확하게 말하면 법을 고친다고 표현하는 게 맞겠군."

가령 검찰의 경우 대검찰청 처리 지침이라는 게 있다.

징역 1년 이상 15년 이하 처벌이라는 규정이 있는 법이 있다고 치자.

이걸 늘리는 건 불가능하다.

하지만 그 안에서, 검찰에서는 대검찰청 처리 지침이라는 것을 통해 그 형량을 줄일 수 있다.

해당 범죄의 경우 1년 이상 10년 이하 징역으로 구형하라고 규정해 버리는 것이다.

"그리고 법원에서는 징역 1년 이상 5년 이하로 선고하라고 또 법원 처리 지침을 내리지."

"아……."

"범죄자들이 왜 제대로 처벌을 안 받겠나? 거기에는 이런 이유가 있는 걸세."

제대로 처벌할 생각을 하는 게 아니라 자기들 마음대로 법을 만들고 그 안에서 결정한다.

사람을 죽여도 3년이라는 말이 농담이 아니다.

하지만 법원과 검찰에 밉보이는 순간 단순 모욕도 실형이 나올 수 있다.

실제로 모 정치인에게 합리적 의심을 품었다는 이유로 어떤 인터넷 논객에게 징역 1년이 나온 적이 있는데, 그러한 범죄가 성립된다고 해도 대부분 벌금형이 나온다는 점에서 정치적 판결이라는 말이 많았다.

더군다나 1심부터 3심까지 걸린 시간이 단 3주였다.

일반적인 다른 사건은 1심 하나만 판결하는 데 길게는 3개월이 걸리는 점을 생각하면 작심하고 그를 매장하려고 했다는 것을 알 수 있다.

실제로 그 이후에 그 문제에 대해 인터넷에서 그에게 합리적 의심을 품는 사람은 단 한 명도 없었고 말이다.

"법원 입장에서는 우리가 귀찮을 수밖에 없지요. 우리가 한 해 넣는 고소 고발이 몇 개죠?"

"학교 폭력을 기준으로? 못해도 3천 개는 넘지."

매년 새로운 학생이 들어올 때마다 학교 폭력은 발생한다.

물론 몇 번 고소당한 학교에서는 학교 폭력을 근절하기 위해 사력을 다한다.

실제로 노형진과 새론이 노린 게 바로 그거였고 말이다.

"하지만 요즘은 그런 노력도 하지 않는다고 하더군."

"정부에서 처벌 못 하겠다고 버티는데 뭐 누가 곤란하게 처벌하겠습니까?"

현재 학교 폭력이 없는 곳이라고 해서 언제까지고 학교 폭력이 발생하지 않을까?

절대 아니다.

실제로 아예 학교 폭력을 박멸한 곳도, 선생들이 방심하는 순간 폭력 사건이 발생한다.

이유는 간단하다.

일진들은 학교의 전통이니 의리니 하면서 포장하지만 본질은 인간의 탐욕이니까.

자신의 편의와 욕심을 위해 없는 전통을 내세우고 자신을 위해 의리를 내세운다.

"그렇기는 하지. 결국 형법적인 처벌은 한계가 있겠군."

"헌법 소원이라도 할 수 없을까요?"

고연미 변호사는 김성식의 말에 고개를 갸웃했다.

"헌법 소원 말인가?"

"네. 그런 건 다 헌법 소원의 대상이잖아요?"

"일반적으로는 그런데 말이지."

헌법 소원의 대상은 법으로 정해져 있다.

정확하게 표현하면 대국민 봉사를 하는 정부 조직 내에서 그 조직의 내부 규정이 외부, 즉 국민들에게 영향을 줄 수 있다면 헌법 소원을 걸 수 있다고, 대학에서는 가르친다.

"하지만 지금까지 해당 사항이 헌법 소원이 된 적이 없습니다."

"어째서요?"

"실익이 없으니까요."

법을 만드는 건 힘들고 복잡하며 이권이 걸려 있기 때문에 오래 걸린다.

하지만 내부 처리 지침 하나를 만들어서 하달하는 건 쉽다.

"그래서 많은 조직들이 법에 근거하지 않은, 자기 마음대로의 처리 지침을 만들어서 집행을 하지요."

문제는 그 모든 걸 헌법 소원을 건다고 하면 헌법재판소가 백 개쯤 있어도 다 감당할 수 없다는 것이다.

"이러한 처리 지침의 경우는 100% 기각됩니다."

"단순히 그런 문제 때문에요?"

"단순히 그런 문제가 아니라 이걸 악용하거든요."

일반적으로 헌법 소원에 걸리는 시간은 3년 정도다.

그것도 빠른 게 3년이다.

만일 법이라고 하면 그건 문제가 안 된다.

법 같은 경우는 일단 만드는 것도 힘들고 시행하는 것도 힘들다. 국회에서 통과되어야 하기 때문이다.

"하지만 처리 지침은 아니지요."

어떤 처리 지침이 있다고 치자.

그 지침을 헌법 소원을 넣었을 경우, 그 헌법 소원은 99.999%의 확률로 기각된다.

하지만 0.001의 확률로 정식재판에 회부될 수도 있다.

"문제는 해당 규칙은 법이 아니라 '규칙'이라는 거죠."

그러니 기각되지 않고 헌법 소원이 진행된다는 게 알려지는 순간 그 규정을 폐지하면 된다.

그리고 그 서류를 제출하면, 당연히 헌법재판소는 해당 사항을 심사할 이유가 없어지기 때문에 기각 처리해 버린다.

심판을 해야 할 대상이 없는데 재판을 할 수는 없으니까.

"그 후에 다른 명령으로 비슷한 법을 만들면 끝이죠."

"아⋯⋯."

결과적으로 이러한 처리 지침은 실질적으로 헌법 소원조차도 하지 못하는 것이 현실이다.

"더군다나 이런 일은 검찰뿐만 아니라 법원도 문제니까요."

법원에서 일하기 싫어서 터무니없는 내부 규정을 만들었다.

그런데 처리 지침 문제로 헌법 소원을 하면 과연 헌법재판소에서 받아들여 줄까? 애초에 똑같은 판사들끼리인데?

"결국 형사적으로는 처벌이 불가능하다고 봐야 합니다."

"그러니 민사로 가야 한다는 건데⋯⋯."

"민사로는 별 효과가 없지요."

노형진은 입맛을 다셨다.

한국은 유독 청소년 범죄에 대해 약한 모습을 보여 준다.

사실 엄밀하게 말하면 민사를 거는 경우 그 손해배상액은 족히 천은 넘어야 한다.

일단 일진이라 불리는 범죄자들이 빼앗은 돈과 그 과정에서 일어난 범죄로 인한 육체적 치료비, 그로 인한 정신적 치료비까지 말이다.

학교 폭력이라는 행동은 결국 한 사람의 인생을 바꾸는 범죄다.

하지만 대한민국의 법원은 그걸 인정하지 않는다.

손해배상에서, 빼앗긴 돈은 그걸 줬다는 증거가 없다는 이유로 별로 인정하지 않으며, 육체적 치료비 역시 부러지거나 입원한 기록이 없으면 별로 인정하지 않는다.

하물며 눈에 보이는 육체적 치료비도 그 지경인데 아예 눈에 보이지 않는 정신적 치료비, 심한 경우 평생 정신과 치료를 받아야 하는 문제에 대해서도 거의 인정하지 않는 것이 대한민국 법원이다.

"과거처럼 범죄 조직을 동원할 생각인가?"

과거에 노형진은 학교 폭력을 근절하기 위해 별의별 방법을 다 썼다.

조폭을 동원해서 함정에도 빠트려 보기도 하고 여왕벌을 이용해서 권력 구조를 개편해 보기도 했다.

하지만 그건 일시적인 방법일 뿐이었다.

"한 번은 써먹어도 두 번은 못 써먹을 방법이라서요."

"하긴 그건 그렇지."

김성식은 고개를 끄덕거렸다.

한 번 정도는 모르지만 모든 사건마다 조폭이 끼어들고 일진끼리 싸움을 붙이면 이쪽에 대해 알아차릴 수도 있다.

어찌 되었건 폭력을 사주하는 행동이기 때문에 이쪽이 걸릴 수도 있는 노릇이기 때문이다.

"그래서 제대로 된 형사처벌로 방향을 계속 잡은 건데 말이지."

진짜로 정부에서 처벌을 포기하는 것은 전혀 생각하지 못했다.

"그래서 말인데, 제 생각에는 아예 손을 떼는 것이 좋을 것 같습니다."

"뭐라고?"

노형진의 말에 회의에 참석한 사람들은 다들 깜짝 놀랐다.

"난 자네가 이사회를 건드릴 줄 알았는데?"

"이사회요?"

"아니, 지난번에 유민택 회장님과 학교 하나를 날려 버렸을 때 이사회를 건드리지 않았나?"

"아아, 그때요?"

그랬다. 이사회를 건드리는 것은 확실히 효과적인 방법이다.

"돈이 많이 들어가니까 문제지요. 그건 대룡이라면 할 수 있지만 새론은 쓸 수 없는 방법입니다."

"그건 그렇군. 이사회를 대상으로 싸우는 게 쉽지는 않겠지."

결국 현재는 방법을 찾을 수 없다는 것이다.

"방법은 하나뿐입니다."

"무슨 방법 말인가?"

김성식이 뭔가 관심이 간다는 표정으로 말하자 노형진은 씩 하고 웃었다.

"그들이 원하는 대로 해 주자고요. 물론 그 책임은 본인들이 져야 할 테지만요, 후후후."

다음 권으로 이어집니다

꿈의 도약, 로크에서 하십시오
(주)로크미디어에서 신인 작가를 모십니다

즐거운 세상, 로크미디어는 꿈을 사랑하고 도전을 두려워하지 않는 작가 분들의 참신한 작품을 기다리고 있습니다. 21세기 장르 문학계를 이끌어 갈 차세대 선두 주자 (주)로크미디어에서 여러분의 나래를 활짝 펴 보시길 바랍니다.

모집 분야 판타지와 무협을 포함한 장르 문학
모집 대상 아마추어 작가, 인터넷 작가
모집 기한 수시 모집
작품 접수 시 유의 사항
1. 파일명은 작가명_작품명.hwp형식을 갖춰 주십시오.
1. 파일에 들어갈 내용은 다음과 같습니다.
    – 성명(필명인 경우 실명을 밝혀 주세요), 연락처, 이메일 주소
    – 제목, 기획 의도
    – A4용지 1장 분량의 등장인물 소개
    – A4용지 2장 분량의 전체 줄거리
    – 본문
1. 작품이 인터넷에 연재되고 있다면, 게시판명과 사이트의 구체적이고 정확한 주소를 기재해 주십시오.

선택된 작품은 정식 계약 후 출판물로 간행되어 전국 서점에 유통됩니다.
작가 분은 (주)로크미디어의 전폭적인 지원하에 전속 작가로 활동하시게 됩니다.
※ 자세한 내용은 로크미디어 홈페이지(rokmedia.com)를 참조하세요.

(03920)서울시 마포구 성암로 330 DMC첨단산업센터 3층 318호
(주)로크미디어 편집부 신간 기획 담당자 앞
전화 : 02) 3273 - 5135
www.rokmedia.com **이메일 : rokmedia@empas.com**

ROK
MEDIA
로크미디어

어서와 내 던전은 처음이지

한시웅 퓨전 판타지 장편소설

던전에서 나는 모든 것이 돈이 되는 세상!
건물주 위에 던전주, 복권보다 어려운 인생 역전!
······을 했는데 왜 더 힘드냐?

유전병 탓에 아버지의 투병 생활이 길어지며
생계를 위해 쉬지 않고 일하는 연호,
아버지의 부탁으로 벌초를 위해 찾은 선산에 던전이 생겼다!

-던전 주인으로 각성했습니다. 던전을 관리할 수 있습니다.

헌터로 각성까지 해 이제 떵떵거리며 살 줄 알았는데,
괴수 한 마리 없는 텅 빈 던전이라니!
괴수를 직접 잡아 와 던전에 풀라고?

성장시킬수록 더 수상해지는 던전!
평화로운(?) 던전계에 날아든 괴상한 던전주!

어서 와, 내 던전은 처음이지?

허원진 스포츠 장편소설

우리 아들은

엄근 클래스

회귀자 아빠와 초능력자 아들
두 능력자가 모여서…… 축구?

평범한 고등학생 영신
평범한 축구 2부 리그 코치 아빠
그들의 무미건조한 일상에 들이닥친 변화

"사실 이 아버지는…… 미래에서 왔단다."
"하하, 아버지, 저는 초능력이 생겼습니다."
"뭔 개소리야?"
"네?"

미래 축구계의 데이터를 가진 아빠
골이 들어갈 위치가 보이는 아들
황소 같은 피지컬은 덤!

아빠의 경험과 아들의 능력!
환장의 부자 듀오(?)가 축구계를 들이받는다!